日知文丛

温故与知新

荣新江序跋二集

荣新江 著

浙江古籍出版社

图书在版编目（CIP）数据

温故与知新：荣新江序跋二集/荣新江著.——杭州：浙江古籍出版社，2024.1
（日知文丛）
ISBN978-7-5540-2825-4

Ⅰ.①温… Ⅱ.①荣… Ⅲ.①序跋—作品集—中国—当代 Ⅳ.① I267

中国国家版本馆 CIP 数据核字（2023）第 233369 号

日知文丛
温故与知新
荣新江序跋二集

荣新江　著

出版发行	浙江古籍出版社
	（杭州体育场路 347 号　电话：0571-85068292）
网　　址	https://zjgj.zjcbcm.com
责任编辑	伍姬颖
封面设计	吴思璐
责任校对	吴颖胤
责任印务	楼浩凯
照　　排	浙江大千时代文化传媒有限公司
印　　刷	浙江海虹彩色印务有限公司
开　　本	889mm×1194mm　1/32
印　　张	9.25
字　　数	200 千字
版　　次	2024 年 1 月第 1 版
印　　次	2024 年 1 月第 1 次印刷
书　　号	ISBN 978-7-5540-2825-4
定　　价	58.00 元

如发现印装质量问题，影响阅读，请与本社市场营销部联系调换。

目 录

上 编

《马可·波罗之书》影印本序 / 3

《马可·波罗注》影印本序 / 11

《马可·波罗寰宇记》影印本序 / 18

蒲立本《安禄山叛乱的背景》汉译本序 / 26

荣新江、张帆主编《北大中国史研究丛书》序 / 30

马晓林《马可·波罗与元代中国：文本与礼俗》序 / 34

石小龙等编著《广泽清流——匈奴故都统万城文物辑录》序 / 38

付马《丝绸之路上的西州回鹘王朝：9—13世纪中亚东部历史研究》序 / 42

张国刚《中西文化关系通史》序 / 45

李肖主编《丝绸之路研究丛书》英文版总序（附中文本）/ 49

沙畹《华北考古记》中译本序 / 56

赵莉《克孜尔石窟壁画复原研究》序 / 62

徐畅《长安未远：唐代京畿的乡村社会》序 / 67

《北京大学海上丝路与区域历史研究丛书》总序 / 71

伯希和、韩百诗《圣武亲征录——成吉思汗战纪》汉译本序 / 74

侯灿《楼兰考古调查与发掘报告》序言 / 79

荣新江、党宝海编《马可·波罗研究论文选粹（中文编）》序 / 83

段晴《神话与仪式：破解古代于阗𣰫𣰛上的文明密码》推荐词 / 88

荣新江、党宝海编《马可·波罗研究论文选粹（外文编）》序 / 91

李伟国《中古文献考论——以敦煌和宋代为重心》序 / 95

荣新江主编《丝绸之路上的中华文明》后记 / 99

贾应逸《新疆佛教遗存的考察与研究》序 / 103

罗帅《丝绸之路南道的历史变迁——塔里木盆地南缘绿洲史地考索》

　　序 / 108

砺波护《从敦煌到奈良·京都》中译本序 / 112

王乐主编《丝绸之路艺术史·长三角青年论坛论文集》（第一辑）序 / 116

胡晓丹《摩尼教离合诗研究》序 / 120

孟嗣徽《衢地苍穹：中古星宿崇拜与图像》序 / 124

刘诗平、孟宪实《寻梦与归来：敦煌宝藏离合史》序 / 128

刘波《敦煌西域文献题跋辑录》序 / 132

杨富学《丝绸之路与中外关系史诸相》序 / 136

陈烨轩《东来西往：8—13世纪初期海上丝绸之路贸易史研究》序 / 141

陈春晓《伊利汗国的中国文明：移民、使者和物质交流》序 / 144

张总《〈十王经〉信仰：经本成变、图画雕像与东亚丧仪》序 / 148

刘子凡《万里向安西——出土文献与唐代西北经略研究》序 / 153

下 编

《学理与学谊——荣新江序跋集》跋 / 159

荣新江主编《首都博物馆藏敦煌文献》序 / 162

《三升斋随笔》序 / 165

《从学与追念：荣新江师友杂记》跋 / 168

王振芬、孟宪实、荣新江主编《旅顺博物馆藏新疆出土汉文文献》

  编后记 / 171

赵莉、荣新江主编《龟兹石窟题记》序 / 175

荣新江、史睿主编《吐鲁番出土文献散录》序 / 183

《三升斋续笔》序 / 188

《华戎交汇在敦煌》序 / 191

《于阗史丛考》增订新版序 / 194

《ソグドから中国へ——シルクロード史の研究》序（附中文本）/ 198

《敦煌学新论》增订本序 / 206

《和田出土唐代于阗汉语文书》序 / 211

《从张骞到马可·波罗：丝绸之路十八讲》导论 / 216

《唐宋于阗史探研》序 / 227

《三升斋三笔》序 / 231

荣新江主编《法国国家图书馆藏敦煌文献》前言 / 234

《吐鲁番的典籍与文书》序 / 242

荣新江、张志清主编《中国国家图书馆藏西域文书·汉文卷》序 / 247

荣新江、张志清主编《中国国家图书馆藏西域文书·汉文卷》前言 / 252

补 遗

胡素馨主编《佛教物质文化：寺院财富与世俗供养国际学术研讨会

  论文集》后记 / 265

荣新江、李孝聪主编《中外关系史：新史料与新问题》后记 / 270

《华戎交汇——敦煌民族与中西交通》引言 / 273

《国际汉学研究通讯》"马可·波罗研究专栏"引言 / 276

荣新江编《黄文弼所获西域文献论集》后记 / 279

徐忠文、荣新江主编《马可·波罗　扬州　丝绸之路》序 / 283

跋 / 286

上　编

《马可·波罗之书》影印本序

本书是英国东方学家亨利·玉尔（又译裕尔，Henry Yule，1820—1889）译注的一本《马可·波罗行记》，后由法国东方学家亨利·考狄（自用名高第，又译考迪，Henri Cordier，1849—1925）补注，成为东方学领域的名著，出版迄今一百多年，仍然具有很高的学术价值。

《马可·波罗行记》是记录威尼斯商人马可·波罗在13世纪中后期前往东方的旅行记和见闻录，其中包含了大量此前欧洲人所不知的东方财富和传奇，为读者喜闻乐见。所以，这本书在热那亚甫一问世，就广为传抄，从热那亚到马可·波罗的老家威尼斯，从意大利到法国，再到欧洲各地，抄本越来越多，译本也层出不穷，目前我们能够看到的16世纪以前的不同语言的抄本就有一百多种。经过学者们百余年来的研究，《马可·波罗行记》大体上有三个抄本系统，各自都有其他抄本系统所没有的内容，不能归并为一。这三个抄本系统分别简称F、R、Z本，其中F本以巴黎国家图书馆藏Fr. 1116号抄本为代表，此本1824年由巴黎地理学会（Société de Géographie）收入《游记与回忆录汇编》（*Recueil de Voyages et de Mémoires*）第1卷出版，故此也称作"巴黎地理学会本"；R本指意大利里米尼（Rimini）人剌木学（又译作赖麦锡，G. B. Ramusio，？—

1557）在其主编的《航海和旅行丛书》（*Navigationi et Viaggi*）第 2 卷中的意大利文刊本，其所依据的许多抄本因为出版社的火灾而付之一炬，许多其他抄本没有的内容赖此刊本保存下来；Z 本是原属主教泽拉达（Cardinal Zelada）的一个拉丁文抄本，后收藏在托莱多的天主教大教堂分会图书馆（Chapter Library of the Cathedral），1932 年 12 月由英国大维德爵士（Sir Percival David）发现。每个抄本系统中，都有不少各不相同的抄本存在。其中的 Z 本是玉尔身后发现的本子，但此前已存的抄本也不在少数。因此，要整理研究或翻译《马可·波罗行记》，首先要处理纷纭复杂的抄本问题，这也是玉尔在译注《马可·波罗行记》之前所面临的艰巨任务。

最近，王冀青教授发表《玉尔〈中国之路〉成书考》，对玉尔的生平做了详细的论说，对于中文读者了解玉尔及其著作很有帮助，值得参看（文载《丝路文明》第 1 辑，上海古籍出版社，2016 年）。1820 年 5 月 1 日，玉尔出生在英国的苏格兰，父亲威廉·玉尔（William Yule）是一位从英国东印度公司的孟加拉军队退役的军官，收集了不少东方文物和有关东方的书籍。少年的玉尔，就从父亲的书房里找到 1818 年威廉·马尔斯登（William Marsden，1754—1836）英译本《马可·波罗游记》（*The Travels of Marco Polo*），并被书中的东方神奇故事所吸引。在经过良好的西方古典学训练和军事院校的培训后，1840 年，玉尔追随父亲的足迹，前往印度加尔各答，入孟加拉工兵部队，任中尉军官，开展孟加拉东北边境地区的民族学调查与研究工作，以后又参与印度西北边境水利灌溉系统的开发，并参加两次锡克战争（1845—1846，1848—1849）。战后玉尔曾回苏格兰休假三年，开始系统研究《马可·波罗行记》。1852年，玉尔返回加尔各答，在英属印度政府的公共工程部工作，军衔上尉，负责印度铁路的建设工程。1855年曾随费勒（Arthur Purves Phayre）少校的使团访问缅甸北部的阿瓦王国，完成使团报告，并于1858年正式出版，名为《1855年奉印度总督之命出使阿瓦宫廷记录以及有关这个国家、政府和人民的注记》（*A Narrative of the Mission Sent by the Governor-General of India to the Court of Ava in 1855, with Notices of the Country, Government and People*, London 1858）。

1862年，玉尔从印度退役，军衔为上校。他没有回英国定居，而是选择了在《马可·波罗行记》的诞生地热那亚居住下来，而且一住就是十多年，其间在意大利境内更换过一些地方，目的是利用当时刚刚统一的意大利开放的图书馆、档案馆，收集有关《马可·波罗行记》以及相关的材料。为此，玉尔辞掉英国皇家地理学会理事的头衔，主要接受其下属的哈克鲁特学会（Hakluyt Society）的委托，调查意大利各公共图书馆中有关中世纪欧洲对中国的记录。

玉尔的目的是整理、译注《马可·波罗行记》，但第一步是要把中世纪欧洲有关中国的记载，特别是在马可·波罗前后到过中国的各种人物的小型游记整理出来。1866年，玉尔完成了两卷本的《中国和通往中国之路——中世纪关于中国的记录汇编》（*Cathay and the Way Thither: Being a Collection of Medieval Notices of China*），由哈克鲁特学会出版。第1卷前

温故与知新 6

寰宇文献 Sinology系列
Universal Library

THE BOOK OF SER MARCO POLO

马可·波罗之书

上 册

玉 尔译注 考 狄补注

中西书局
ZHONGXI BOOK COMPANY

玉尔译注、考狄补注《马可·波罗之书》

面是有关好望角海路发现之前中国与西方各国交往史的长篇导论，共九章，然后是鄂多立克旅行记的译注；第 2 卷是拉施德丁（Rashidud-din）书、佩格罗提（Francis B. Pegolotti）贸易记录、马黎诺里（John de Marignolli）旅行回忆录、伊本·白图泰（Ibn Batuta）旅行记、鄂本笃（Benedict Goës）旅行记的译注。这部书是玉尔《马可·波罗之书》的姊妹篇，也同样重要而备受学界重视。玉尔去世后，法国学者考狄根据中亚考古新发现和后来的研究成果对本书加以补正，于 1913—1916 年间出版了增订新版，分作四卷，仍由哈克鲁特学会出版。中国学者张星烺在编著《中西交通史料汇编》（辅仁大学，1930 年）时，就编译了许多玉尔此书（名为《契丹路程》）的内容；其长篇导论则由张绪山译出，以《东域纪程录丛——古代中国闻见录》为名出版（云南人民出版社，2002 年；中华书局，2008 年）。

就在玉尔《中国和通往中国之路》出版之前一年（1865年），法国学者颇节（M. G. Pauthier）出版了《马可·波罗之书》（*Le Livre de Marco Polo, citoyen de Venise, Conseiller privé et Commissaire Impérial de Khoubilai Khan, rédigé en Français par Rusticien de Pise*），利用收藏于巴黎的三种用宫廷法文抄写的《马可·波罗行记》（FA_1、FA_2、FB_4）校订而成，并利用阿拉伯、波斯和中国史料佐证马可·波罗的记录。估计这本法文《马可·波罗之书》的出版，促使玉尔在翌年就迅速出版了《中国和通往中国之路》，而后全力投入到《马可·波罗行记》的译注工作当中。

1870 年底，玉尔完成了《马可·波罗行记》的校订、英译、注释工作，并撰写了长篇导言。翌年，玉尔的两卷本《威尼斯人马可·波罗先生关于东方诸王国与奇闻之书》（*The Book of Ser Marco Polo, The Venetian, Concerning the Kingdoms and Marvels of the East*，简称《马可·波罗之书》）由伦敦约翰·穆雷出版公司出版。玉尔在长篇导言中，探讨了马可·波罗的家族、生平、旅行，当时东方各国形势、欧洲形势、诸国战舰等问题，还就《行记》成书过程、使用文字、抄本印本的流传等进行了考证。玉尔对他多年在意大利等地调查所见的75种《马可·波罗行记》抄本进行归纳整理，合并为四类，即法国地理学会本（F）、颇节的法文本、皮皮诺修士（Friar Pipino）的拉丁文本和剌木学的意大利文刊本，在Z本发现之前，这应当是第一个比较科学的分类合校的本子。玉尔虽然知道F本最接近原本，但他认为这个本子文辞鄙俗，因此选择颇节的宫廷法语本为底本，用其他本子校勘、补充，翻译成英语，并对专有名词做了详细的注释。尽管底本的选择不无可议之处，但这本《马可·波罗之书》无疑是当时最好的《马可·波罗行记》了。玉尔也因为此书的出版和此前的业绩，获得1872年度英国国家地理学最高奖"创建者奖章"（Founder's Medal）。

玉尔的英译本十分畅销，不久即售罄。四年以后的1875年，玉尔又刊出了第二版。1889年12月30日，玉尔在伦敦去世。同样是他的法国友人考狄，根据最新的东方学成果，对玉尔的书做了补注工作，仍作两卷，1903年仍由伦敦约翰·穆雷出版公司出版，这是玉尔《马可·波罗之书》的最佳版本。

考狄1849年8月8日出生在美国，3岁时被父母带回法国。

1865年随父在英国两年,使英语达到熟练程度。1869年来中国,在上海的美国商会旗昌洋行(Russell and Co.)任职,并收集书籍,为英国皇家亚洲学会华北分会编目,并结交在上海的汉学家。1876年回国后投入学术事业,以后任教于巴黎东方语学校,后来的法国汉学泰斗伯希和、戴密微均出其门下。考狄最重要的学术贡献是把17、18世纪欧洲人出版的有关中国的著作编辑为《中国书志》(Bibliotheca Sinica),1878—1885年出版的第一版计2卷8分册,1902—1908年又出版增补版4卷8分册(最近由上海社会科学院出版社和北京中华书局分别以《西方汉学书目正续编》和《西人论中国书目》之名影印再版)。1890年,考狄还和荷兰的施古德(Gustav Schlegel,1840—1903)合作创办欧洲东方学刊物《通报》(T'oung Pao),并长期担任主编。因为熟悉有关中国的出版物和担任杂志主编,考狄对于欧洲东方学的进步了如指掌,因此把其中有关马可·波罗以及同时代其他相关记录的研究加以整理,用补注的形式为玉尔的两部著作进行了增补。英国学界对他的这一工作表示敬意,并且在1908年聘请他为皇家地理学会通讯会员。他的著作还有《1860—1902年中国与西方列强关系史》(*Histoire des relations de la Chine avec les puissances occidentales, 1860—1902*, Paris 1902)、《东方史学与地理学论集》(*Mélanges d'Histoire et de Géographie orientales*, Paris 1914—1923)等。1925年3月16日,考狄在巴黎去世。

在中国,张星烺曾经根据考狄整理的第三版,把玉尔《马可·波罗之书》的导言、序言和第1卷的大半部分翻译出来,

1929 年由燕京大学图书馆发行，可惜后面的部分没有再译。中国读者乃至学术界迄今所用的《马可·波罗行记》汉译本，主要是冯承钧翻译的《马可·波罗行纪》（上海商务印书馆，1936 年），此本是根据 1924—1926 年出版的沙海昂（A. J. H. Charignon）据颇节本翻译的现代法文本（*Le Livre de Marco Polo citoyen de Venise*），底本不如玉尔本，但玉尔本迄今没有人翻译出来。

考狄整理刊布的玉尔《马可·波罗之书》第三版的原版现在已经非常难得。2015 年 12 月我在东京访书，在凌琅阁书店偶然购得 1926 年第三版的重印本前两卷，此前曾经在香港买到过 1993 年纽约 Dover 出版公司的影印本第一卷。现在中西书局据考狄整理的第三版原样复制再版，对于学界来说应当是很有意义的一件事，也会方便中国的青年学子充分利用此书。职是之故，李碧妍女史找我给这个影印本写篇序言，我愉快地接受了她的邀请。

（2017 年 4 月 9 日完稿于北大朗润园，载《国际汉学研究通讯》第 15 期，2017 年 10 月北京大学出版社出版。本书 2017 年 5 月由上海中西书局影印出版。）

《马可·波罗注》影印本序

本书是法国汉学家伯希和（Paul Pelliot，1878—1945）对《马可·波罗寰宇记》中出现的专有名词所做的注释和研究，作为伯希和的遗著之一，由其弟子韩百诗（Louis Hambis）整理出版，第1—2卷为注释，第3卷为索引，分别在1959、1963、1973年陆续出版。

伯希和的《马可·波罗注》（*Notes on Marco Polo*），原本是他与英国汉学家慕阿德（A. C. Moule，1873—1957）合著的《马可·波罗寰宇记》（*The Description of the World*）的第3卷，这在《寰宇记》第2卷的后面有明确的记录，其中部分稿子在1939—1940年间已经交到伦敦。但伯希和多才多艺，顾及的事情实在太多，所以直到1945年去世为止，也未能完成。但伯希和显然对此做了详细的规划，首先就是把书中所有的专有名词提取出来，通过各种写本、印本的拼法，找出《寰宇记》笔录者鲁斯蒂谦（Rustichello）所使用的正确形式，以便于在他们的校译本中使用统一的正确拼法。然后按照字母顺序，对这些专有名词做详细的解说，包括对这些专名的语源考释，找出专名在各种语言中的转译以及异写的原因，根据东西方史料对人名、地名、国名、部族名等按年代或专题加以阐述。由于工作量太大，即使有天大本事如伯希和，也壮志未酬身先死，生前只写了从 A 字头的 Abacan 到 C 字头的 Çulficar，尚未完成 C 字头的所有条目，其中有些条目也比较简单。伯希和去世后，对蒙古史也有很高造诣的弟子韩百诗将他留下的笔记整理成两卷本《马可·波罗注》，包括 D 字头到 Z 字头的残稿，又编制详细的索引，作为本书第 3 卷。正是由于这样的原因，第 1 卷所收的 A 至 C 字头专有名词的注释编作 1—203 号，计 1—611 页；第 2 卷所收 D 至 Z 字头专名的注释编作 204—386 号，计 613—885 页；前者 3 个字母有 600 多页，后者 24 个字母只有 272 页，可见是一部没有完成的《马可·波罗注》。作为伯希和与慕阿德合著的《马可·波罗寰宇记》的续编，这部在巴黎出版的著作用宽体大 16 开的开本、咖啡色的封面，都和前者保持一致。

在已写就的 A 至 C 字头的条目中，我们可以看到伯希和才华横溢的篇章。我们不能用一般的"注释"词义来理解伯希和的《马可·波罗注》，在那个注释越长越显得有学问的时代，有些条目早已超出一般的注释，而成为一篇系统论述该主题的文章，甚至是一本书！我们不妨看看一些条目的页数，比如 Alains "阿兰"，也就是古代的奄蔡，是 16—25 页；Caragian "哈剌章"，云南，169—181 页；Caraunas "哈剌兀纳思"，183—196 页；Cascar "喀什噶尔"，汉唐的疏勒，196—214 页；Catai "契丹"，216—229 页；Cin "秦"，中国，264—278 页；Ciorcia "主儿扯"，即女真，上溯到蠕蠕、柔然，366—390 页；Cotan "忽炭"，于阗，408—425 页；Cowries "贝币"，531—563 页；Cublai "忽必烈"，565—569 页；Curmos "忽鲁谟斯"，576—582 页；Caiton "刺桐"，泉州，583—597 页；都是一篇文章的篇幅。最长的两条，一条是Cinghis"成吉思"，281—383页，越百页；另一条是Cotton"棉花"，425—531页，也超过百页。两者都有若干小标题，如前者讨论了成吉思汗的出生、血统、"铁木真"之名、登基、"成吉思汗"称号、去世时地、陵墓，等等问题；后者讨论得更为广泛，涉及印度、中亚各种棉花的记录，以及如何进入中国的问题，两者都是一本书的规模。这就是伯希和的风格！他生前完稿的正式著作并不多，大多数是论文、札记、书评。马可·波罗的书本来是最能让伯希和展现才华的场域，可惜他铺的摊子过大，有些条目外延过多，最终让这部宏伟的《马可·波罗注》成为一座头重脚轻的倒金字塔。

伯希和1878年5月28日出生在巴黎，毕业于巴黎自由政治和东方语言学院，师从沙畹（E. Chavannes）、考狄（H. Cordier）和列维（S. Lévi），在汉学、佛学方面受到良好的训练。1900年，伯希和在北京遇上义和团运动，为保卫法国使馆，曾与拳民和清军作战。随后几年在西贡的法国远东学院任教，主要研究印度支那。1906—1908年，他率领法国中亚考察队，发掘巴楚、库车古代佛教遗址，并深入敦煌，攫取大量敦煌写本和绢画。敦煌的巨大收获虽然引起争议，但最终让不满33岁的伯希和在1911年登上法兰西学院讲座教授的席位。但因为第一次世界大战爆发，伯希和应征入伍，以武官身份于1912—1919年期间再次来到北京，公务之余，兼做研究。1919年回到巴黎后，伯希和进入学术研究的最佳境界，在《通报》《亚洲学报》《法国远东学院院刊》等杂志上，连篇累牍地发表论文、书评。1921年，伯希和入选为法国金石与美文学院院士。1932年，他代表法国教育部,到印度支那巡视法国远东学院工作。然后前往中国和日本访问,均受到热烈欢迎。第二次世界大战的爆发,显然影响了这位学术巨人的正常发挥,而此时的一项重要工作,正是《马可·波罗注》的撰写。1945年10月26日,刚刚迎来德国投降的法兰西和国际汉学界,却失去了年仅67岁的伯希和教授。

作为一位欧洲的汉学家或东方学家,伯希和继承其老师考狄的衣钵,很早就关注马可·波罗的《寰宇记》。1904年撰写《交广印度两道考》(Deux itinéraires de Chine en Inde à la fin du VIIIe siècle, *BEFEO*, 4, 1904)时,就引用了马可·波罗对中国南方的描述。韩百诗回忆说,伯希和在1918—1930年和1936—1939年两度在法兰西学院授课期间,曾多次讲述马可·波罗之书。除了与慕阿德合作出版《马可·波罗寰宇记》外,伯希和生前发表的有关《寰宇记》的专题文章不多,但他几乎对每一种新出的《马可·波罗行记》的整理本或译本,都撰写了书评:1904年发表玉尔(Henry Yule)译注、考狄补注的《马可·波罗之书》(*The Book of Ser Marco Polo, The Venetian, Concerning the Kingdoms and Marvels of the East*)第三版的书评(*BEFEO*, 4, 768—772页);1928年发表沙海昂(A. J. H. Charignon)现代法文译本(*Le Livre de Marco Polo citoyen de Venise*)的书评(*T'oung Pao*, 25, 156—169页);1932年发表里奇(Aldo Ricci)英译本《马可·波罗游记》(*The Travels of Marco Polo*)的书评(*T'oung Pao*, 29, 233—235页)。因此,伯希和虽然

寰宇文献 Universal Library | Sinology系列

NOTES ON MARCO POLO

马可·波罗注

伯希和 著

中西书局
ZHONGXI BOOK COMPANY

伯希和著《马可·波罗注》

没有发表专题论文,但一直在跟踪马可·波罗书的最新研究成果。伯希和的学术范围和对《马可·波罗寰宇记》的长期关注,使他成为解释这部书中专有名词的最佳人选,但一个人的学术生命是有限的,他没有计算好自己学术生命的时限,最终没有完成他的《马可·波罗注》的大业。他的这部遗著也是在他去世十多年后,在戴密微(P. Demiéville)院士的推动下,经过弟子韩百诗的努力,加上突厥学家哈密屯(J. Hamilton)、藏学家麦克唐纳(A. W. MacDonald)的帮助,才得以出版。至于从学术角度看伯希和对马可·波罗研究的贡献,则可以参考法国当今马可·波罗研究的泰斗菲利普·梅纳尔(Philippe Ménard)的专文(Paul Pelliot et les études sur Marco Polo, *Paul Pelliot (1878—1945), De l'histoire à la légende*, Actes de colloque, Paris, Académie des Inscriptions et Belles-Lettres, 2013, pp. 493—525)。

伯希和大概是中国读者最熟悉的一位汉学家了,这不仅仅是因为他在敦煌盗宝的故事,还缘于冯承钧先生翻译了他的大量西域南海史地论著,耿昇先生则翻译了他的许多西域敦煌考察探险记录。但他用英文撰写的《马可·波罗注》,一直没有中文译本。之前曾听说龚方震先生曾组织人员翻译,但书稿在"文化大革命"中遗失而未能重新再译。在中华书局成立汉学编辑室座谈会上,一位资深专业翻译家说想翻译这部著作,但苦于手边无书。我随后复印一套寄上,迄今未见出版。这部书的原本现在同样已经很难寻觅,中西书局打算将其影印出版,对于学界无疑是个喜讯。我近年来关注马可·波罗及其《寰宇记》的研究，应邀撰序，因略述伯希和研究马可·波罗之原委，以便读者使用其详略不一的注释时参考。

（2017年4月30日完稿于东京旅次，载《国际汉学研究通讯》第15期，2017年10月北京大学出版社出版。本书2017年5月由上海中西书局影印出版。）

《马可·波罗寰宇记》影印本序

本书是英国汉学家慕阿德（又译穆勒、穆尔，A. C. Moule，1873—1957）和法国汉学家伯希和（Paul Pelliot，1878—1945）合著《马可·波罗行记》的研究和翻译，以《马可·波罗寰宇记》（*Marco Polo: The Description of the World*）之名，1938年在伦敦出版，是继玉尔（H. Yule）英译本之后最权威的译本，也是最学术的译本，迄今仍然是学界最信赖的本子。

《马可·波罗行记》以抄本众多且内容不一致著称，现在知道主要属于三个抄本系统，分别简称为F、R、Z本。1862—1870年间，玉尔曾经长年在意大利等地调查，以75种抄本和刊本汇校为四类，并以宫廷法语本（FA）为底本翻译成英文。此后，意大利国家地理学会（Italian Geographical Society）和威尼斯市政府希望纂修一部国家版的《马可·波罗行记》，所以委托贝内带托（L. F. Benedetto）教授走访欧洲各大图书馆，搜访《马可·波罗行记》的抄本。他找到玉尔没有见过的近60种抄本，并且在米兰的安布罗西亚图书馆（Ambrosiana Library）找到了一个当时还没有发现的Z本的转抄本（Z^l）。这个拉丁语本上有许多内容不见于其他抄本，但由于Z^l本抄写者缺乏古写本的知识，致使该本错误较多，而且他不理解原本页边大量注释的缩写词意，因此没有正确转录。贝内带托对所有抄本做了精心的校对，并做了比较合理的分类，即今天学界所遵从的三个系统，在导言中他对每种抄本都做了详细的描述。其校订本以 F 本为底本，并在页下把见于其他本子的内容以小字校录出来，并注明出处，于 1928 年在佛罗伦萨出版，书名用意大利对《马可·波罗行记》的习惯称呼，题作"百万"（*Il millione*, Firenze: Olschki, 1928）。1932 年，贝内带托出版了据校订后的 F 本译成的现代意大利语文本，其中包含有其他抄本中重要段落的增补，但为方便阅读，没有标注出处，还对原本的一些明显错误做了改订（*Il libro di messer Marco Polo, cittadino di Venezia, detto Milione, dove si raccontano le meraviglie del mondo*, Milano-Roma: Treves-Treccani-Tumminelli, 1932）。意大利人里奇（Aldo Ricci）根据贝内带托提供的意大利语文本译成英文，未及出版而亡殁。丹尼森·罗斯（E. Denison Ross）与贝内带托对其译稿做了校订，完善了这个英译本，出于谨慎的考虑，罗斯把贝内带托改订的部分改回为原状。此英译本题"马可·波罗游记"，提前于 1931 年在伦敦出版（Aldo Ricci, *The Travels of Marco Polo*, translated from the text of L. F. Benedetto, with an introduction and index by Sir E. Denison Ross, London: G. Routledge & Sons, 1931）。此本颇受好评，被译成多种语言。我国张星烺先生所译《马哥孛罗游记》（上海商务印书馆，1936 年）即据此本，但删掉绝大多数注释。日本学者青木一夫、爱宕松男先后据以译成日语，均题为《东方见闻录》（前者东京校仓书房，1960 年；后者东京平凡社刊东洋文库丛刊，1978 年）。

然而，贝内带托的校本虽好，但只印了三百部，流通不广；

温故与知新 20

寰宇文献 | Sinology系列

MARCO POLO
THE DESCRIPTION
OF THE WORLD

马可·波罗寰宇记

慕阿德 伯希和 著

中西书局
ZHONGXI BOOK COMPANY

慕阿德、伯希和著《马可·波罗寰宇记》

里奇的英译十分准确流畅，却没有异文出处。与此同时在做《马可·波罗行记》整理研究的慕阿德，对此有所不满，他先后撰写书评，除对其成就给予充分肯定外，还指出贝内带托校本的一些错误和现代语译本的出处问题（刊 *BSOS*, 5/1, 1928, pp. 173—175；*JRAS*, 3, 1932, pp. 603—625）。然而，促使慕阿德重新翻译《马可·波罗行记》的更大动力，是 Z 本的发现。

1924 年贝内带托在安布罗西亚图书馆找到的 Z 本转抄本 Z'本的注解中说，这个拉丁文的本子是 1795 年受朱塞佩·图阿多（Giuseppe Toaldo）之命根据中世纪的一个托莱多（Toledo）抄本复制的，朱塞佩·图阿多为此特意感谢泽拉达（Cardinal Zelada）主教借给他这个抄本。1932 年 12 月，英国的大维德爵士（Sir Percival David, 1892—1964）在西班牙托莱多天主教大教堂分会图书馆（Chapter Library of the Cathedral）找到了这个抄本，并于 1933 年 1 月得到了抄本的照片。Z 本的前面部分有大量删节，但后面越来越多的内容完全不见于其他抄本，因此价值连城。这个本子由大维德爵士交给慕阿德和伯希和，促成了新译本的产生。

根据最先于 1935 年 3 月出版的《马可·波罗寰宇记》第 2 卷后面的一个简要目录，这部由大维德爵士设计，由慕阿德与伯希和合作的新著的完整计划是：第 1 卷约 580 页，包括导言、翻译、章节对照表、抄本目录和各种文书档案；第 2 卷 135 页，为大维德爵士找到的泽拉达拉丁文本（Z 本）的校订排印本；第 3 卷约 580 页，是不同作者的专题研究论文、专有名词和东方语言文字的考释、参考文献目录、索引；第 4 卷是大约 80 幅地图和图版。显然，慕阿德主要负责第1卷和第2卷，即抄本整理、校勘和英译；而伯希和主要负责第3卷和第4卷，即专有名词考释、研究论文整理、图版的准备和地图的绘制。据说有60页图版和20幅地图，其中有些地图是伯希和专门为此绘制的（此据戴闻达/Jan Julius Lodevijk Duywendak 的书评，载 *T'oung Pao*, 34/3, 1938, pp. 246—248）。

慕阿德正是按照这个计划工作的，继1935年出版《马可·波罗寰宇记》第2卷的Z本拉丁文校订排印本之后，1938年又出版了本书第1卷，包含上述计划中的所有内容。根据慕阿德撰写的长篇导言，他在玉尔、贝内带托等前人工作的基础上，总共收集到143种《马可·波罗行记》的抄本和刊本，其中119种为抄本，并以F本为底本，对绝大多数本子据原件和照片做了校对，甄别异同，辑录诸本多出的文字。在整理工作的基础上，慕阿德把F本全文译成英文，把同一词句的不同异文放到脚注当中，同时把不同本子上多出的词句，用斜体字插入F本的正文当中，如果有两个不同的增补，则中间用分隔号区分开来，在页边注明插入文本的缩写编号，如R、Z，等等。这种有如中国"百衲本"的方式，既可以让读者阅读直体的F本的原貌，而且还可以看到主要来自17种本子多出来的文字，并知道它们原本应当在的位置。虽然这种方法也受到后人的诟病，认为破坏了三个系统的本子独立存在的价值，特别是除了F本之外，我们不能看到R本、Z本的英文本全貌，但迄今为止，这个"百衲本"仍然是最为学术、包含各本信息最全的本子了。慕阿德费尽心力，把不同文本的句子嵌入F本，同时又保持了英语语法的正确，我们在使用中也能感受到他的这番苦心。与底本较差的玉尔本、不注出处的贝内带托／里奇译本相比，慕阿德译本以 F 本为主，汇集所见各种本子的异文，学术价值最高，而用英语翻译，也便于一般读者阅览，因此可以说，这是到目前为止最好的本子。因为译者认为马可·波罗这本书并不是一个旅行故事，而是对世界奇闻逸事的描述，所以采用 F 本的题目 Le divisiment dou monde 作为书名，英译为 The Description of the World，直译就是"对世界的描述"，也有人译作更典雅一些的"寰宇记"，因此这个影印本的中文名字，就定名为"马可·波罗寰宇记"了。

在第 1 卷的长篇导言中，慕阿德依次讨论了有关波罗家族、马可·波罗的生平和旅行、波罗家的宅邸、《马可·波罗寰宇记》的抄本和刊本、本书的译本等问题，书后附有《寰宇记》7 种版本的章节对照表、各种抄本的分类目录，以及关于波罗家族及马可·波罗墓地的文书档案全文，其中有些是首次发表。

1957 年，慕阿德又出版了《行在及其他有关马可·波罗的注释》（*Quinsai, with other Notes on Marco Polo*, New York: Cambridge University Press, 1957），主要是根据东西方史料，对《寰宇记》中最长的一章加以专门的研究，涉及杭州历史、地理的一些问题。书后列出对《马可·波罗寰宇记》的勘误表，读者在使用这个权威的译本时应予留意。

虽然第 1—2 卷《马可·波罗寰宇记》由慕阿德和伯希和共同署名，但无疑主要工作是慕阿德所做。慕阿德 1873 年 5 月 18 日出生在中国杭州，父亲慕稼谷（George Evans Moule）

是英国安立甘会华中区主教。1898年慕阿德从剑桥大学毕业，回到中国，作为建筑工程师在中国的教会工作。1904年在山东传教。1909年回到英国，从事汉学研究。1933年接替翟里斯（Herbert A. Giles）任剑桥大学中国语言和中国历史教授。1938年退休，职位由霍古达（Gustav Haloun）接任。慕阿德在汉学方面没有多少建树，他主要的研究领域是中西交通史，大概是他家族或本人的传教士背景，他最关心的是基督教入华史，先后发表《早期基督教入华传教的失败》（The Failure of Early Christian Missions to China, *The East and the West*, 12, 1914, pp. 383—410）、《十字架在中国景教徒中的使用》（The Use of Cross among the Nestorians in China, *T'oung Pao,* 28, 1931, pp. 78—86）、《中国的景教徒》（The Nestorians in China, *JRAS*, 1933, pp. 116—120）等论文，著有《1550年前的中国基督教史》（*Christians in China before the year 1550*, London: Society for Promoting Christian Knowledge, 1930；有郝镇华汉译本，中华书局，1984年）、《中国的景教徒》（*Nestorians In China*, London: Stephen Austin & Sons LTD, 1940）等。这样的学术背景，对于慕阿德整理研究《马可·波罗寰宇记》一定是有帮助的，而他在杭州的生活经历，无疑更有利于他理解马可·波罗的记述，大概也是由此之故，他还专门把马可·波罗有关杭州的记载写成了一本专著——《行在》。1957年6月5日，慕阿德在英国与世长辞，他没有等到伯希和的注释卷的出版，那是他去世两年后的事情了。

《马可·波罗寰宇记》的另一作者伯希和，没有按期完成他的任务，他的著作在其身后才得以出版，对于他的介绍见笔者给《马可·波罗注》影印本所写的序言。

慕阿德与伯希和合著的《马可·波罗寰宇记》无疑是玉尔《马可·波罗之书》出版以后，最好的《马可·波罗行记》的英译本，因为涵盖了一百多个本子的信息，所以学术性也最强。多年来，这本书成为学者们利用《马可·波罗行记》时的依据。1955年，伯希和的弟子韩百诗（Louis Hambis）曾将本书翻译成典雅的法语，前有导言，后有简要的注释、索引和地图（*La description du monde, Texte intégral en français moderne avec introduction et notes par Louis Hambis,* Paris: Library C. Klincksieck, 1955），极便法语读者使用，颇获好评。但遗憾的是，中国学者一直没有人翻译此书，大多数学者和一般读者还在使用1936年出版的冯承钧译《马可·波罗行纪》。近年来，我和党宝海副教授组织马可·波罗读书班，会读并翻译《马可·波罗寰宇记》，将来有望出版一个准确的中文译本。在本书印本已经很少流通，而中译本还没有出版的情况下，中西书局拟影印原书，以飨中外读者，这真是一个好想法，故乐为之序。

（2017年4月28日完稿于北大大雅堂，载《国际汉学研究通讯》第15期，2017年10月由北京大学出版社出版。本书2017年9月由上海中西书局影印出版。）

蒲立本《安禄山叛乱的背景》汉译本序

熟悉西方汉学的人都知道，蒲立本（E. G. Pulleyblank）教授有一本名著，叫《安禄山叛乱的背景》（*The Background of the Rebellion of An Lu-shan*），1955年出版，列为《伦敦东方学丛刊》第4种。这本书在考证安禄山的出身来历之后，重点分析安禄山叛乱之所以发生的经济、政治、军事背景，还具体分析了河北地方的形势与李林甫在中央政府专权对安禄山幽州起兵的影响。今天看来，虽然篇幅不长，但确是一本鞭辟入里的唐前期政治史，对西方唐史研究产生巨大的影响。蒲立本撰著本书的时期，正好是二战后学术精英荟萃英国的年代，他周边不仅有一些熟悉唐朝文史的汉学家，还有通安禄山、史思明这些九姓胡人的母语——粟特语的专家，可以相互切磋，如恒宁（W. B. Henning）教授帮他所做的汉语专名的粟特语还原，就是一例。

遗憾的是，由于此书出版时，正是中国与西方学界基本隔绝的年代，中国学者能够见到此书的，寥寥可数。直到"文化大革命"结束后，学者们才有机会阅读此书，方知义宁之学，海外亦有传人。1984年我远渡重洋，到荷兰莱顿大学汉学研究院进修，得以系统收集蒲立本教授的论著，方知他已改弦更张，转而研究汉语音韵学了。虽然在音韵学领域，蒲立本仍然是叱咤风云的人物，但对于唐史学界来说，不无遗憾。记得20世纪

27 蒲立本《安禄山叛乱的背景》汉译本序

[加]蒲立本著、丁俊译《安禄山叛乱的背景》

80年代后期或90年代初蒲立本来京参加汉藏语言学大会,业师张广达先生带我去拜见过他,其时已经完全不谈唐史,而只就于阗文书年代和于阗文拼写的汉语文献相互交流。

我因为随张先生治隋唐史,又关注昭武九姓,对《安禄山叛乱的背景》一书情有独钟,曾多次从北大图书馆借出此书阅读,甚至有动手翻译的念头。1991年见到香港大学的黄约瑟先生,他说已经翻译完稿,交给台湾某家出版社了。约瑟先生为隋唐史名家,尤其熟悉唐前期政治史,而英文极佳,是翻译此书最合适不过的人选。可惜这本译著始终没见出版,而约瑟先生英年早逝,1994年就离开我们。此后我时而询问处理约瑟先生后事的香港中文大学刘健明先生,也说杳无音讯。后来健明先生也移民加拿大,我们连打听消息的线索都没有了。

可喜的是,这本书现在由丁俊君汉译完稿,即将由中西书局付梓。丁俊是中国人民大学孟宪实教授弟子,钻研唐前期政治史之外,兼做吐鲁番文书,也参加我与宪实教授主持的"新获吐鲁番出土文献"项目,撰有研究唐前期勾征文书的长文。其硕士论文研究李林甫,于蒲立本《安禄山叛乱的背景》一书曾反复阅读。其后又随宪实教授继续攻读博士学位,研究安史之乱的财政背景,并将杜希德(D. Twitchett)《唐代财政》(*Financial Administration Under the T'ang Dynasty*)一书译出。可以说,不论是从唐史背景来讲,还是从专业英语来说,丁俊都是翻译此书的最佳人选。当她和我说起这个意向时,我极力鼓动,并建议把蒲立本《内蒙古的粟特聚落》也一并译出,因为最近二十年兴起的"粟特热",蒲立本的这篇文章又备受关注。

现在，所有译文已经厘定，丁俊和中西书局李碧妍女史都希望我来写序。回想我从唐史到于阗，再到粟特，其实还有月氏、龙家、吐火罗，诸项探讨都离不开与蒲立本的论著交涉，拙撰《安禄山的种族与宗教信仰》一文正是在蒲氏本书的基础上有所发挥，故此我很愿意借此机会，将有关此书前前后后的因缘略加交代，是以为序。

（2018年2月1日完稿于北京大学大雅堂。本书2018年4月由上海中西书局出版。）

荣新江、张帆主编《北大中国史研究丛书》序

近年来，北大的人文研究开始活跃起来。国际汉学家研修基地、人文社会科学研究院、区域与国别研究院纷纷成立，举办各种各样的学术活动，会议、工作坊、讲座纷至沓来。一时间，学术气氛浓郁，不同学科也进一步加强了交流。与此同时，新的人文学部也在沉闷的评审、提职、定级、评奖的会议之外，开始组织讲座、论坛和工作坊，建设跨学科研究平台；并构筑"北京大学人文学科文库"，希望整体展示人文学科的学术成果。我等受命编辑"文库"中的《北大中国史研究丛书》，得到同行的踊跃支持。

北大的中国史研究，可以追溯到1899年京师大学堂初设时的史学堂，作为新式教育的一科，包含中国历史研究。1903年，史学堂改为中国史学门和万国史学门，相当于今天的中国历史和世界历史两个专业。1912年京师大学堂改称国立北京大学，1919年设立史学系。1952年院系调整，新的北大历史系又接纳了清华大学历史系和燕京大学历史系的许多著名学者，使北大历史系成为研究中国历史的重镇。在北大史学系到历史系的发展历程中，中国史学研究的队伍不断壮大，名家辈出，也产生了许多传世名著。

但是，由于20世纪经历了多次的国难、内战、政治运动，

荣新江、张帆主编《北大中国史研究丛书》第一种
欧阳哲生著《古代北京与西方文明》

特别是"文化大革命"的迫害,在处于政治漩涡中的北大,史学研究者也不免受到冲击甚至没顶之灾。而且,最近几十年来社会观念巨变,大学里政经法等社会科学越来越受到重视,文史哲则日渐萎缩,历史学科的规模更是受到较大的限制。

然而,历史学作为一个综合性大学的基础人文学科,是不可或缺的。而中国历史,更是居于中国大学首位的北京大学所不可或缺的。北大的中国史研究者,也有着比其他人更加厚重的义务,需要更加努力地做好自己的研究。中国近代学术起步要晚于西方和日本,所以在相当长的一段时间里,即便是中国历史研究领域,也有不少优秀的学者是西方或日本培养起来的,陈寅恪先生因而有"群趋东邻受国史,神州士夫羞欲死"的感叹。历次政治运动,也使国人的许多研究领域拉开了与国外优秀学者的距离。但改革开放以来,包括北大学人在内的中国学者奋起直追,在中国史的许多方面,我们已经走在了学科发展前列,产生出一批优秀的学术著作,为东西洋学者同行刮目相看。

过去,北大历史系学人的特点之一,就是单打独斗。一些优秀学者在各个出版社出版的著作,为北大学术的弘扬,做出了极大的贡献。但这样的做法,也使得不少学术研究成果,变成各种丛刊的组成部分,显现不出北大的学术积淀。"北京大学人文学科文库"的想法之一,就是把北大学人的成果凝聚在一起,形成一个比较宏大的气势,推进北大的人文研究。这一做法,对于北大中国史研究,无疑有助于提振士气,凝聚力量,可以集中展现北大中国史学科的研究成果。相信北大历史系暨中国古代史研究中心的学者,有义务,有承担,把自己最满意的研究成果,在《北大中国史研究丛书》中陆续推出。

(2018年北大校庆前两日完稿,与张帆合撰,载《北大中国史研究丛书》各册卷首。本丛书第一册为欧阳哲生《古代北京与西方文明》,2018年6月由北京大学出版社出版。)

马晓林《马可·波罗与元代中国：文本与礼俗》序

马可·波罗的游记，其正式的名称是"对于世界的描述"（*The Description of the World*），可以称之为"世界寰宇记"。马可·波罗所描述的世界，其中一大半是元朝时期的中国。因此，中国研究马可·波罗及其游记者，较多的是蒙元史领域内游刃有余的学者，如杨志玖、蔡美彪、黄时鉴、刘迎胜、姚大力等先生。

作为一个从遥远的威尼斯来到中国的商人，马可·波罗对眼前陌生的一切都充满了好奇之心，他从自己独特的视角，来观察元朝的中国，大到都城形制、宫廷仪仗，小到民间传说、风土礼俗，各种当事人习以为常的事物，他都仔细描述，其中许多内容都是中国传统汉族士人著作如国史、政书、地志、文集、笔记记载笼统，甚至不屑于记录的内容。这样就为我们今天的学者观察元朝中国，提供了另一个角度的原始记录，而且是不受中国史家或文人修饰的文字。虽然马可·波罗必然有所缺漏，乃至引起一些学者怀疑他是否来过中国，但越来越多的证据表明，马可·波罗不仅来过中国，而且他的记录许多是真实可靠的。

然而，马可·波罗《世界寰宇记》一书在很长时间内都是以抄本流传，而且不同的抄本之间差异还相当突出，因此也有如中国典籍一样的现象，就是有些"层累地造就"的成分混杂其中。多年来，中国学术界受中外隔绝的限制，对于西方学者

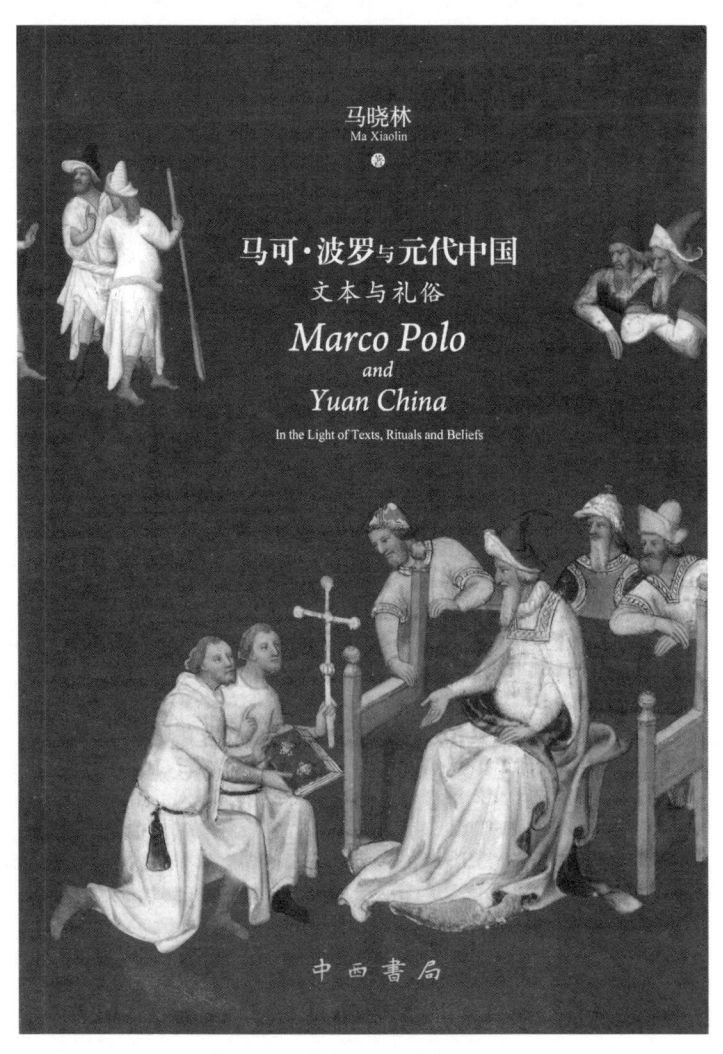

马晓林著《马可·波罗与元代中国：文本与礼俗》

关于马可·波罗游记不同文本的整理研究缺乏收集与研究，试看"文化大革命"结束时中国的几大图书馆中，大多没有1938年伦敦出版的慕阿德（A. C. Moule）与伯希和（Paul Pelliot）合著的百衲本《马可·波罗寰宇记》（*Marco Polo: The Description of the World*），更遑论1928年佛罗伦萨出版的贝内带托（L. F. Benedetto）校勘本马可·波罗游记《百万》（*Il millione*）一书了。这一状况，无疑极大地阻碍了中国学者对马可·波罗行记的研究。

马君晓林，由理工入文史之学，在南开大学师从李志安教授治元史，于元代国家祭祀多所用心；其为杨志玖先生再传弟子，亦关心马可·波罗来华事迹。博士毕业后，入北京大学历史系暨国家汉学家研修基地做博士后研究，加入我和党宝海教授主持的马可·波罗行记翻译、研究项目，成为其中的活跃分子。晓林在前人研究基础上，很快进入角色，在其丰厚的元史知识的背景下来读马可·波罗行记，特别是结合与马可·波罗所见中国地方社会关系密切的碑志类资料，颇多创获。他注重国际交流，几年来走访欧洲、日本，还曾到伊朗、以色列、俄罗斯、韩国等地参加国际会议，与国外同行往复切磋，并收集域外资料，尤其关注马可·波罗行记的不同文本，得以与元朝史料相发明。这可以说是继承了杨志玖先生那一代学者的优良传统，把他们已经开始而没有机会完成的学术理想，付诸实际。

近年来我常常有机会与晓林一起从事学术活动，不论在扬州博物馆，还是在京都的书店，也不论在马可·波罗所记的杭州桥畔，还是在阿拉木特的阿萨辛城堡上，都有其仙风道骨般的身影。最近，他把有关马可·波罗及其行记的研究汇集成书，征序于我。读其书，我感到十分愉快而有收获。因就马可·波罗研究之学脉与学理，略赘数语，聊以为序。

（2018年8月23日完稿于京都旅次。原载《中华读书报》2018年9月19日。本书2018年9月由上海中西书局出版。）

石小龙等编著《广泽清流——匈奴故都统万城文物辑录》序

石小龙先生携《广泽清流——匈奴故都统万城文物辑录》一书前来索序,此为他与邢福来、李文海、石小鹏诸君共同编著,而由陕西省考古研究院、靖边县博物馆、统万城文物管理所为后援,内容丰富,图文并彰,翻阅一过,爱不释手。我最近20年来,曾数次探访统万城及走访靖边、榆林地区,追寻粟特人遗踪,收集中西交通史料,颇受上述单位提供方便,而得相关学者协助,其中邢福来先生襄助尤多。每思回报,恨无机缘。今受命作序,故当努力为之。

位于陕西北边尽头的统万城,以匈奴后裔赫连勃勃418年所建异常坚固的大夏都城而著称,迄今经过一千六百年的岁月,其部分城墙仍然高高耸立,蔚为壮观。赫连勃勃公元5世纪初勃兴于朔方之地,在鄂尔多斯南缘选择建都基址。这里水草丰美,川流不息,北临朔漠,南望中原。其都城南北东西四门,分别名为"朝宋""平朔""招魏""服凉",表现出勃勃雄心。

始光四年(427),北魏军队攻入统万城,所获"府库珍宝、车旗、器物不可胜计",还有"马三十余万匹,牛羊千万",大夏随即灭亡,而北魏得以振兴。太延五年(439),北魏进而攻占北凉都城武威,灭北凉,控制整个河西,打通了联接西域的丝绸之路。于是，在北魏前期，以都城平城为终点的丝绸之路异常活跃，而统万城成为这条鄂尔多斯南缘道路上的一个丝路重镇。从439年到493年迁都洛阳前，前往平城的西域使者，远自伊朗高原到中亚的波斯、粟特、嚈哒，近则塔里木盆地龟兹、疏勒、于阗、鄯善、焉耆、车师诸绿洲王国，纷纷而来。大批粟特商人也随之而至。到北朝末年，统万城已是一个胡人聚集之地，这里曾发现北周大成元年（579）入葬的胡人首领翟曹明的墓葬，即是明证。

隋唐时期，统万城更多的是以"夏州"的名字，名标史册，对唐帝国的强盛，贡献着一份力量，在某些特殊的方面，还发挥着重要的作用。人们或许很难想象，中国化佛教宗派华严宗的初祖法藏，就是家住夏州的一位康姓粟特人。法藏虽然主要在长安、洛阳传法讲经，但他的弟弟康宝藏，在中宗神龙二年（706）时任统万副监，是负责唐朝监牧养马的官员。法藏曾经到夏州归觐省亲，沿途官员，香花郊迎。养马是粟特人的长技之一，永隆二年（780），武威出身的粟特人安元寿也曾出任夏州群牧使。安元寿是李世民的亲信，去世后陪葬昭陵。可见统万之地，与丝绸之路上的粟特胡人也密切相关。

安史之乱后，吐蕃据有河西走廊；晚唐五代，陇右部族混杂，交通不便。唐朝与五代诸王朝和西方的往来，多走"灵州道"，即从长安往北，于夏州折西到灵州（朔方），再到武威进入河西走廊；或再往北折西，经居延（黑城、额济纳）到哈密。夏州的地位更形重要，五代时逐渐成为此后建立西夏王国的拓跋（后改李姓）家族的发迹之地。宋太宗为了防止李氏的兴起，

石小龙等编著《广泽清流——匈奴故都统万城文物辑录》

于淳化五年（994）下诏毁统万城，致使这一重要城镇失去昔日的辉煌，在宋元明时代，湮没无闻。直到清道光年间，榆林太守徐松派人查找，方才重新发现高耸的统万城。

在漫长的历史岁月中，统万城居住着不少军政要员、粟特胡商、军人百姓，各色人等都留下了丰富的文物遗存；城周的墓葬中，也保存了大量统万居民的遗物。过去，这里除了研究沙漠历史地理的学者稍加关注外，不太引起学界重视。近年来，邢福来先生主持统万城及周边遗迹的考古发掘，成绩辉煌，揭露出大面积建筑遗址，也清理过八大梁北朝壁画墓。地方文物部门大力收集出土文物，靖边县文管所近年扩充为博物馆。但当地的文物流散，仍然十分严重，周边墓穴，十室九空。好在有热心的当地民间收藏家，抢救若干，略可安慰。

本书将这些考古出土文物和当地私家收藏的古物收集起来，包括其他博物馆所藏明确出自统万城的石刻、钱币等，汇于一编。前言从不同类型的器物的整个情况，来阐释统万城的出土文物，给它们一个合理的定位，持论允当。

以一个城为单元来汇集文物，并放到历史的脉络中去阐述，对于长安、洛阳等大都会并不困难，但对于远在西北、文物流失严重的统万城，这样的工作实属难能可贵。我对几位编著者的努力深表敬佩，故不揣浅陋，略述统万城在中国历史与丝绸之路上的重要地位，聊作序言。

（2019年1月10日完稿于东京白山东洋大学校舍。本书2019年1月由北京文物出版社出版。）

付马《丝绸之路上的西州回鹘王朝：9—13世纪中亚东部历史研究》序

丝绸之路在前近代是中华文明与世界几大文明交流的桥梁，而今新疆所在的西域地区正处在文明交会的路口，生活在西域地区的各民族的先民在历史上共同承担着维护丝绸之路、传播东西方文化的重任。其中，公元9—13世纪立足于东部天山地区的西州回鹘王朝，就在丝绸之路上扮演着重要的角色。

我们知道，自唐代中叶以降，因为西北民族的隔绝，中原汉文史料对西域地区的记载较少，阿拉伯、波斯文著作也因为作者距离遥远，语焉不详；当地出土文书和文物比较零碎，又大多被外国探险队掠至欧美、日本，分散各国。所以，这一时段的西域史号称难治，一些学者甚至认为丝绸之路在这一时期断绝。付马博士知难而上，利用在芬兰赫尔辛基大学、德国柏林自由大学进修学习的机会，系统收集了海外有关回鹘文等出土文献研究成果，并接触了芬兰、德国所藏新疆出土文书原件，全面把握国内外所藏吐鲁番、敦煌等地出土的回鹘文、汉文、粟特文、摩尼文文书中的信息，以及传世汉文、波斯文、阿拉伯文史料等原始文献，对相关研究成果经过仔细的阅读和消化理解，准确地把文书中的相关信息提炼出来，纳入其对西州回鹘王朝政治进程、族群认同、城镇建设的相关讨论当中，对前人的研究有了全面的推进。在上述研究的基础上，他有力地论

付马著《丝绸之路上的西州回鹘王朝：9—13世纪中亚东部历史研究》

证了这一时段丝绸之路不仅继续存在，而且在西州回鹘王朝的经营下，得到了进一步的发展。他特别指出，西州回鹘对唐朝遗产的继承是丝绸之路延续和发展的关键因素之一。这个结论，是他对丝绸之路研究以及西域历史研究的重要学术贡献。

付马本科毕业于中国人民大学国际关系学院国际政治专业。2009年，他想跨专业来报考我的研究生。我开始以为"驸马"难教，不甚热情相待。但他执着于历史学，随即考入北京大学历史学系，先后随我攻读隋唐史专业的硕士学位和中外关系史专业的博士学位，在学期间，他曾赴赫尔辛基大学和柏林自由大学进修深造，与国际同行切磋学术。现在，他又和我合作进行他的北京大学博雅博士后研究。他英语能力超强，方便他接受阿尔泰学、突厥学和欧洲古典语文学的训练，逐渐掌握了回鹘语等古代民族语文，并能运用英、德、日、法、土耳其等现代外语阅读文献，符合今天国际学术交流的严格要求，是一个跨学科、多语言的学术人才。我越来越感到他治学态度严谨，时常有新的想法和发现，研究成果优异，而又年富力强，前途未可限量。

付马的研究方向主要聚焦在中古时代丝绸之路的历史、民族与文化上，这也正是我过去曾经着力研究的唐宋归义军史、西域史及中外关系史的范围。与付马一起讨论西州回鹘王朝，听他讲述一个个新发现，我为他取得的成果感到高兴。日前付马拿来刚刚完稿的《丝绸之路上的西州回鹘王朝》，翻阅一过，欣喜莫名，因略述其学术研究之脉络及学术贡献，聊以为序。

（2019年4月24日完稿于朗润园。本书2019年5月由北京社会科学文献出版社出版。）

张国刚《中西文化关系通史》序

古代中西文化交流史,一直是东西方学者孜孜探索的对象。早期的中西交通史或传统的丝绸之路研究,中西文化关系都是一项重要的组成部分。

此处所谓"西",是指传统意义上的"西域",即中亚、西亚、南亚、欧洲、北非,而不包括海上丝绸之路所经过的东南亚,后者为传统意义上的"南海"。中西关系史,源远流长,两千多年来持续不断,中西物质文化的交往为东西方文明的进步与发展,都做出了极其重要的贡献。西方宗教思想的传入中国,也丰富了中国传统的思想、文化、艺术;中国的"儒教",也曾在欧洲刮起一阵"中国风"。

然而,传统的中国史书中,有关西域的书写十分贫乏,"正史"的《西域传》或《外国传》只占全书极小的篇幅,而且是放在最后的位置,表明中国传统王朝对西域和外国的忽视,也是中国史家对西域史事的轻蔑。今人很难像了解中国古代政治史那样去了解中西文化交流史的全貌,因为前者有系统的正史、通鉴类史书可资检阅;后者要在汉文文献中仔细爬梳,还要从外文文献中去勾稽索隐,还要旁及传世和出土的文物资料。自20世纪初叶以来,西方学者有关中外关系史的著作开始陆续译成中文出版,如夏德《大秦国全录》(朱杰勤译)、伯希和《交

张国刚著《中西文化关系通史》

广印度两道考》、沙畹《西突厥史料》、多桑《多桑蒙古史》、马可·波罗《马可·波罗行纪》（以上书均由冯承钧译），劳费尔《中国伊朗编》（林筠因译）等；张星烺先生编注有《中西交通史料汇编》，在翻译西文史料之外，广辑汉文文献，厥功至伟；向达于专题研究之外，还有《中外交通小史》的通史类著作。经过几代人的不懈努力，到"文化大革命"开始前的20世纪60年代中叶，有关中西文化交流史的探讨已经比较详细，有些部分还可以说非常仔细。20世纪80年代，走出"文化大革命"的中国学术界，开始与国外学界接触，中外关系史的研究也重新起步。近四十年来，学者在中外关系史的领域取得相当大的进步，在精深的专题研究方面，获得显著成果。不论是罗马、拜占庭，还是波斯、阿拉伯，这些地区或帝国与中国的交往，都有学者加以探讨；借助佛教文献的丰富和石窟壁画的保存，以佛教为中心的中印文化交往研究更加丰富多彩；中亚地区虽然种族、语言复杂，但在粟特人来华等问题上，中国学者也加入国际学界的对话行列；蒙元时期中国与中亚、波斯的交往，也有了相当深入的研究；明清时期耶稣会士来华后的中西文化交流，更取得了百花齐放式的进步。20世纪80年代以来，也产生了一些通论或通史类的著作，如沈福伟《中西文化交流史》、周一良主编《中外文化交流史》、张维华主编《中国古代对外关系史》、黄时鉴主编《解说插图中西关系史年表》等。由于材料多寡不均，有关中西文化交流的研究，呈现出十分不平衡的状态。要把这些研究成果加以阅读、剪裁、补充、发挥而撰著一部中西文化关系通史，并非一件容易的事情；因此最近二十年来，很少有通史类的著作产生。

张国刚教授这部著作，分上下两卷，六编、三十章。两卷分别概括 1500 年以前和 1500—1800 年的时段里的中西文化交流的历史，大体上分成政治交往、道路开通、商贸往来、文化交流、吸收与碰撞等几个方面来加以阐述，给读者一个中西文化关系史的整体面貌。全书繁简得宜，于重点人物、重要事件把握得恰到分寸，各时代的内容详略得当，轻重适宜。

国刚教授为"文化大革命"后成长起来的一代学人中的佼佼者，他先从南开大学杨志玖先生治隋唐史，后又有机会多年在德国学习和授业，于中西关系史多所措意，并收集大量资料。回国后执教于清华大学，方向更多转向中外关系史，多年开设相关课程，教授生徒之外，亦多有撰著；在中西关系史方面，著有《中西文明的碰撞》《明清传教士与欧洲汉学》《从中西初识到礼仪之争——明清传教士与中西文化交流》等，最近又出版了雅俗共赏的《胡天汉月映西洋——丝路沧桑三千年》。

我与国刚教授颇有同好，虽互有侧重，但都对隋唐史和中外关系史情有独钟。他执教南开时，因为我是天津人，故此时常邀我去参加他学生的论文答辩；到清华后，更成为方便切磋学术的好邻居。这次他拿来两大册书稿复印本，命我作序，岂敢不应！因略叙国人中西文化交流史研究之历程，为国刚教授新著出版而鼓与呼。

（2019 年 9 月 19 日完稿于丝路起点长安。本书 2019 年 10 月由北京大学出版社出版。）

李肖主编《丝绸之路研究丛书》英文版总序（附中文本）

Preface of Silk Road Research Series

In recent years, conducting research on the Silk Road has become a popular trend in the international academia. Without a doubt, this is directly related to China's Belt and Road initiative. At the same time, we notice that this particular trend is also a reflection of how the academia in the East and the West leverage the topic and engage in dialogue. Furthermore, this represents efforts by scholars in the post-Cold War world to promote direct dialogue on issues that are of common interest, rather talking about the past with each other.

There are two senses about the Silk Road. The narrow sense is about economic and cultural exchanges between ancient China and countries in Central Asia, South Asia, West Asia, and the Mediterranean region. On the other hand, the broad sense refers to all kinds of exchanges between the East and the West. As such, understanding of the Silk Road in the academia has long been tilted towards the popular narrative, and a majority of Silk Road research, in fact, caters to the taste of the general public.

Nevertheless, the Silk Road epitomizes all kinds of exchanges of material and spiritual cultures across a vast area, from China to Rome, and from the Equator to the North Pole.

As such, the development of Eastern and Western civilizations and their interactions in Asia and Europe can be understood within the Silk Road framework. In this vein, many far-sighted scholars have long ago started making use of this broad concept to consolidate the many common points that emerged from a variety of academic research. This also leads to the emergence of many issues that are of interest to both the East and the West. In particular, many archaeological relics unearthed at old Silk Road towns have become the focal points in the Silk Road research, as these relics exemplify the intermixture of Eastern and Western civilizations. Silk Road towns like Chang'an, Dunhuang, Turpan, Bamiyan, Ai-Khanum, Samarkand, and Palmyra have attracted the attention of scholars, and the related Silk Road research is also linked to a wide variety of disciplines, such as archaeology, history, Dunhuang studies, Iranian studies, and classical studies.

Over the years, there have been many scholarly works on the Silk Road. Yet, on its own, Silk Road is not an official academic discipline. Therefore, the relevant research results are classified under the related disciplines. In China, they are often seen through the lens of history of Sino-Western communications, history of Sino-foreign relations, or history of cultural exchange between China

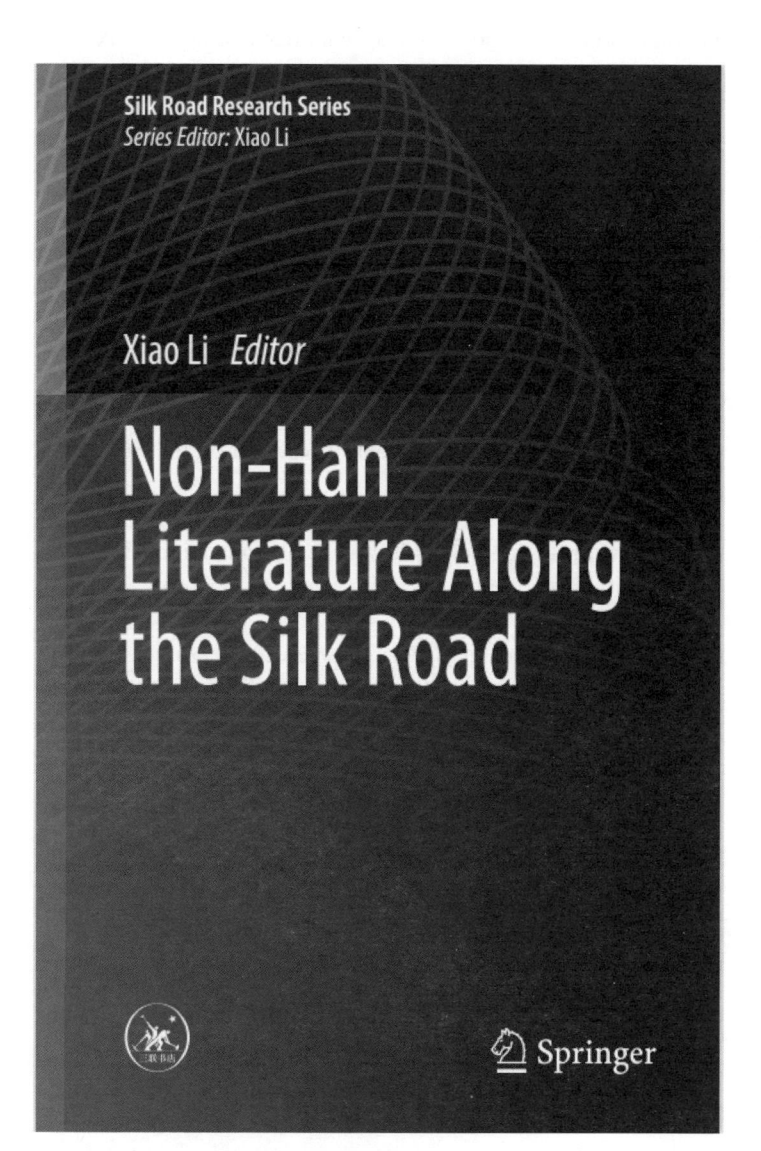

51　李肖主编《丝绸之路研究丛书》英文版总序（附中文本）

李肖主编《丝绸之路研究丛书》（英文版）

and the world. That said, we understand that a stringent Silk Road research requires a scholarly journal about the Silk Road.

In the past, due to the popularization of concepts relating to the Silk Road, most magazines dealing with the topic were focused on content that were of popular interest. In fact, only a few titles were scholarly in nature. In the early 1990s, *Silk Road Art and Archaeology*, a journal published by the Institute of Silk Road Studies, which was in turn founded by Ikuo Hirayama, played an active role in advancing scholarly research on the Silk Road. Unfortunately, the passing away of Ikuo Hirayama had dealt a severe blow to the journal, as it was unable to continue operation. On the other hand, *the Silk Road*, supported solely by the American scholar Professor Daniel C. Waugh since 2000, has also become unsustainable despite its rich content.

Fortunately, under China's Belt and Road initiative, the academia and publishers in China have shown a great deal of interest in Silk Road research. Within the past two to three years, we have seen the birth of numerous scholarly journals bearing the "Silk Road" name. Among them is *Silk Road Research Series*, a large-scale and comprehensive scholarly journal edited by Li Xiao and published by Sanlian Bookstore. The first volume, in Chinese, has already been published, and it deals with wide ranging subject matters, such as archaeology, history, the arts, language, religion, and culture.

Now, we are launching the English version of *Silk Road*

Research Series, and the content is sourced from the Chinese version as well as fresh contributions. The majority of the authors in the English version are Chinese scholars, and in some senses, this represents the contributions of Chinese authors to this field of study. We also hope that we can engage in dialogue with our international counterparts through this medium to advance research on the Silk Road. As the mother tongue of the authors and editors is not English, it is a challenge for them to publicize their works in this language. We hope that through our concerted efforts, this English-language journal will be more refined in the not-so-distant future.

附中文本

毋庸讳言，最近若干年来，在国际学术界兴起了一股研究"丝绸之路"的热潮，这无疑与中国国家推进的"一带一路"倡议有直接的关系。同时我们也应当注意到，这样的一股研究热潮，也是东西方学术界希望借助丝绸之路的话题，进行沟通与对话的一种趋向，这是多年来的"冷战"思维之后，学者们希望推动的一个努力方向，也就是在一些共同关心的问题上，直接对话，而不再是各说各话了。

"丝绸之路"有广义和狭义之分。狭义的"丝绸之路"是指古代中国与中亚、南亚、西亚地区，乃至地中海世界之间的经济、文化交往；广义的"丝绸之路"则指东西方世界各种途径、各种内涵的相互交流。因此,在学术界,对于"丝绸之路"的理解一直偏向于一个通俗的名称,有关丝绸之路的研究也主要是对应于大众的口味。然而,"丝绸之路"恰如其分地概括了从中国到罗马、从赤道到北极各种物质文化和精神文化的交往,欧亚大陆东西方各种文明的发展与交流,都可以在"丝绸之路"的框架里展开。因此,学术界的有识之士早已利用这样一个宽广的概念,来统合许多学术的共同点,生发出不少东西方共同关心的课题。特别是融汇了东西方文明的一些古代丝绸之路城镇的考古出土文物,成为"丝绸之路"研究的一个个重点,长安、敦煌、吐鲁番、巴米扬、阿伊哈努姆、撒马尔罕、帕尔米拉、庞培这些丝路城镇成为学者们注目的焦点,"丝绸之路"的研究也与相关的考古、历史学,乃至敦煌学、伊朗学、古典学等勾连起来,相互推进。

多年来,有关"丝绸之路"的研究论著层出不穷,数不胜数,但因为"丝绸之路"不是一个正式的学科划分,所以相关的成果也都纳入其他相关的学科领域。在中国,则归入"中西交通史""中外关系史"或者"中外文化交流史"的范畴里去了。然而,我们知道,要建立严格意义上的"丝绸之路"研究,就必须有"丝绸之路"的纯学术刊物。

过去,因为"丝绸之路"的概念被通俗化,因此有关丝绸之路的杂志也大多数是以通俗内容为主,纯学术的刊物并不多见。20 世纪 90 年代初,日本平山郁夫创办的丝绸之路研究所创刊大型西文学术专刊 *Silk Road Art and Archaeology*(《丝绸之路艺术与考古》),发表丝绸之路沿线有关考古与艺术方面的论文,极大地推动了丝绸之路的学术研究。但可惜随着平山郁夫先生的去世，这个杂志也无法经营下去。而 2000 年以来美国学者 Daniel C. Waugh（丹尼尔·沃）教授一人支撑的 *The Silk Road*（《丝绸之路》》杂志，虽然内容更加灵活，但目前也难以为继。

幸运的是，在中国"一带一路"政策的号召下，中国学术界和出版界对"丝绸之路"研究产生了极大的热情。近两三年来，已经有几种以"丝绸之路"冠名的学术专刊应运而生，由李肖教授主编、生活·读书·新知三联书店出版的《丝绸之路研究》，就是其中十分专业的一种。该刊为大型综合性学术专刊，已经出版中文版一辑，内容涉及考古、历史、美术、语言、宗教、文化等等诸多方面。

现在，《丝绸之路研究》又开始推出英文版，内容部分是从该刊中文版而来，部分则属于另外的来稿。英文版的作者主体无疑是中国学者，因此，在某种意义上可以说是代表着中国学者的贡献。我们也希望通过这一窗口，与国际同行对话，共同推进丝绸之路研究。当然，作为母语非英语的作者和编者，用英文发表是一个巨大的挑战。希望经过一段时间的努力，让这个英文刊物越办越好。

（2019 年 2 月 10 日完稿。英文本载 *Silk Road Research Series*, Springer and SDX Joint Publishing Company, 03 April 2020。中文本载《国际汉学研究通讯》第 21 期，2020 年 6 月由北京大学出版社出版。）

沙畹《华北考古记》中译本序

一个时代可以塑造出一批大师,而一批大师也缔造出一个时代,学术界也不例外。19世纪末20世纪初,正是中国国家、社会、学术发生巨大变革的时代,是一个产生革命家、英雄、学术大师的时代。但是,由于中国当时在科学技术上落后于西方,由西方科学技术支撑的许多学术领域,中国学者尚未涉足,而西方学者先行一步,走进中国这个未开垦的土地,创造出自己的学术辉煌。

就在此时,法国从事汉学研究的年轻学者沙畹(Éd. Chavannes,1865—1918)来到中国,以华北为中心,开始他的考古调查工作。

1889年1月,沙畹被法国外交部派往北京,第一次来华,时年24岁。他的身份是法国驻清公使馆散编随员,可以自己安排研究计划,他打算全文翻译司马迁的《史记》,调查两汉画像石,旁及历代碑铭和少数民族文字的碑刻资料。为此,1891年沙畹曾前往泰山考察,以印证《史记·封禅书》的记载。此行还促成了对泰山祭祀活动和民间信仰的通盘研究,最后写成《泰山:中国的一种祭祀志稿》(*Le T'ai Chan*, *Essai de monographie d'un culte chinois*, Paris:Ernest Leroux, 1910);同时他在泰安碑贾手中购买到武梁祠、孝堂山、刘家村的画像石和碑刻,构成了他另一本书的主要素材，即《中国两汉石刻》（*La sculpture sur pierre en Chine au temps des deux dynasties Han*, Paris : Ernest Leroux, 1893）。

在中国四年的研究与考察，收获满满的沙畹在1893年1月回到巴黎，就任法兰西学院汉学讲席教授。1895开始，沙畹把已经翻译出来的《史记》的十二本纪、十表、八书、三十世家，约当原书的五分之三篇幅，陆续出版，至1905年，计出5册。

1907年3月27日至1908年2月5日，沙畹有机会再次来华做考古调查，他的范围更为广阔，但核心地区仍是华北。这次他先到辽宁的奉天，考察清帝陵墓，然后寻访鸭绿江畔的高句丽遗迹，包括《好太王碑》。然后从北京到山东，重访泰山、曲阜。转往开封、巩县、洛阳、登封，一路考察石窟，测量碑石，制作拓片，购买方志。然后西入陕西，调查西安碑林，走访唐朝帝陵，拜谒司马迁墓。再渡过黄河，进入山西，访五台山寺院，特别是对云冈石窟做了详细记录和拍照。沙畹此行，有中国同行的帮忙，还有他的俄国弟子阿列克谢耶夫（V. M. Alekseev）陪伴，拍摄了数以千计的照片，打制了上千张拓本，还做了大量的笔记，取得丰硕的成果。沙畹知道这些资料的重要，回国后即着手整理，编写《华北考古记》（*Mission archéologique dans la Chine septentrionale*）一书。1909年先将经过选择的照片刊布为《图版卷》（*Planches*）两册，计1793张图片，每张都标注题目、拍摄时间和地点；1913和1915年又分别出版了文字考释的两册，即《汉代雕刻》（*La sculpture à l'époque des Han*）和《佛教雕刻》（*La sculpture bouddhique*），虽然没有能

[法]沙畹著、袁俊生译《华北考古记》

够囊括全部考察资料，但对最重要的武梁祠、孝堂山、嵩山三阙以及云冈、龙门石窟，做了详细的记录和阐述。

沙畹继承了他景仰的司马迁践行的学术传统，读万卷书，行万里路，一直把实地的田野考察和书房里的潜心研究有机地结合起来，在做一项研究的过程中，一定要到实地进行调查。与同时代的中国金石学家的"访碑录"专注于文本收集不同，沙畹的实地调查，依托于现代学术的考古学方法，不仅对碑刻本身做详细的测量和记录，还对碑刻或古物所在的祠堂、墓地、周边环境等，做仔细的考察和分析。加上西洋先进的照相技术和资金支持，使得沙畹的著作成为划时代的学术丰碑，沙畹也由此成为新的汉学研究的一代大师。

其实，沙畹的成就是欧洲学术发展到一定时代的产物，这个时代正是欧洲的考古学者们挺进未知领域的最佳时点。沙畹以其学识和眼光，选择了华北作为考察重点；斯坦因（A. Stein）则选择以和田为中心的丝路南道，格伦威德尔（A. Grünwedel）则选择吐鲁番为中心的丝路北道，伯希和（P. Pelliot）直奔敦煌，虽然只看到一件敦煌藏经洞写经。最终，他们都通过实地的考古调查和随后的整理著作，成为一个个领域的学术高峰。沙畹正是在这个时代中间，选择中国学术最核心的华北、泰山、云冈、龙门，来实现自己的学术抱负，虽然与竞争更加激烈的新疆宝藏相比，似乎没有那么抢眼，但学术意义丝毫不减。而且我们还应当知道，就是在如此繁忙与竞争的时候，1903年，沙畹应俄国皇家科学院之请，翻译出版了《西突厥史料》（*Documents sur les Tou-Kiue (Turcs) occidentaux*, St.- Pétersbourg），成为西方研究中亚史的必备参考书；1910 至 1911 年，应友人烈维（S. Lévi）的请求，翻译《选自汉文〈大藏经〉的五百寓言故事》（*Cinq cents contes & apologues, extraits du tripiṭaka chinois et traduits en français*），分三卷出版；1911 至 1913 年，又与伯希和合撰长文《中国发现的一部摩尼教经典》（Un traité manichéen retrouvé en Chine, *Journal Asiatique*, 10, 1911, pp. 499—617; 11, 1913, pp. 99—199, 261—395），成为摩尼教研究的奠基之作；1913 年，应斯坦因请求，考释出版《斯坦因在新疆沙碛中所获汉文文书》（*Les documents chinois découverts par Aurel Stein dans les sables du Turkestan oriental*, Oxford），堪称整理汉晋木简和西域出土文书典范。沙畹之伟大，正在于此。

我曾给中华书局出版的《沙畹汉学论著选译》写了一篇代序的文章，题为"沙畹著作的接受与期待"，其中对比冯承钧翻译的《西突厥史料》等边疆史地、求法僧行记等论著，指出支撑沙畹学术殿堂的几块巨大的基石还没有人翻译。可喜的是，中国画报出版社敦请浙江越秀外国语学院袁俊生先生，将此书全文译出，并利用现代排版科技，把图版随文放置，极便学者使用。相信沙畹这部著作的中译本出版，对于两汉石刻、墓葬研究，以及云冈、龙门石窟原貌的追寻，都会产生积极的影响，其学术意义早有相关研究者从不同方面给予定位，我这里就不赘述了。

沙畹是我所敬佩的学者，为他的著作中译本作序，我倍感荣幸。今承安平秋先生授意，中国画报出版社副总编齐丽华女史约请，不敢有违，因述沙畹此书之学术源流与学术价值，聊作序言。

（2020年2月完稿，载《国际汉学研究通讯》第21期，2020年6月由北京大学出版社出版。本书2020年5月由中国画报出版社出版。）

赵莉《克孜尔石窟壁画复原研究》序

克孜尔石窟,新疆地区现存最大的石窟群,古时称作"耶婆瑟鸡寺",是古龟兹王国境内最大的石窟寺群,也应当是西域地区的第一大窟寺,谷东、谷西、谷内、后山,有石窟,有僧院,壁画、雕像,缤纷满堂;又有高僧讲经,徒众研习,贵人参拜,净人劳作于其间,俨然一区佛国世界。

大约从公元10世纪以后,龟兹王国不复存在,此地居民流散,信仰转移,石窟群落,渐次湮没。直到20世纪初叶,德、俄、日、法、英等国探险队接踵而至,发掘遗址,切割壁画,与泥木雕像、梵本汉籍一起,捆载而去。就中以德国探险队所得最多,仅克孜尔石窟壁画一项,就近五百平方米。

这些被各国探险队揭取的壁画,经过长途跋涉,运往柏林、圣彼得堡、京都、巴黎、伦敦,虽然经过仔细包扎,但也经不起远途颠簸,即使像《且渠安周造寺功德记》那样的石碑也断为两截,泥质的壁画必然有所断裂。以后由于德国经济衰退,收藏这些壁画的德国柏林民族博物馆(Museum für Völkerkunde),在探险队主要成员勒柯克(Albert von Le Coq)的主导下,出售给以美国为主的各国公私收藏者相当数量的壁画残块。更为悲惨的是第二次世界大战期间,陈列在德国柏林民族博物馆中的许多壁画被盟军飞机炸毁,而苏联红军把德藏三百余方壁画搬运到列宁格勒（今圣彼得堡），其中就有一百多件来自克孜尔石窟。日本大谷探险队的收集品，也因大谷光瑞在1914年辞去本愿寺门主职位而逐渐分散，比较集中地收藏在京都、东京、首尔、旅顺等地，也有一些散在私家。

这些被切割而去的壁画与石窟中仍在墙上的壁画属于不可分割的整体。在很长时间里，欧美日本学者无法到克孜尔当地去调查壁画原状，而克孜尔当地的学者也很难出国考察流失在外的石窟壁画，更何况还有很多流散壁画就不知藏在何方。这一情况，严重影响着克孜尔石窟壁画的研究，也阻碍着与之相关的龟兹佛教史、龟兹美术史等许多问题的深入展开。

1996年6月至8月间，我在德国柏林印度艺术博物馆（Museum für Indische Kunst，今德国柏林亚洲艺术博物馆）访问时，当时的馆长雅尔迪兹（Marianne Yaldiz）教授问我，如何考订馆藏那些不知来历的壁画时，我马上建议她：去克孜尔找赵莉。随后不久，雅尔迪兹真的就去访问位于克孜尔的龟兹石窟研究所，把德藏壁画的照片交给赵莉。赵莉不负所望，把大部分壁画都复原到了龟兹石窟的相应位置上。

其实，那时我和赵莉女史并不熟悉，在1996年的建议之后，联系多了一些。记得2000年8月在敦煌开会的时候，听她讲有关克孜尔壁画流失的文章很有意思，而因为参会人员太多，主办方没有给她安排发言，于是我就把自己发言的时段让给她，让她得以在学界展示成果。直到2002年9月，我们一起应邀到柏林参加德国柏林勃兰登堡科学院、德国国家博物馆、德国国家图书馆合办的"重访吐鲁番：丝绸之路艺术与文化研究百年纪念"国际学术研讨会，得以较多地交谈，更看到她和霍旭初先生会后在德国柏林印度艺术博物馆考察时，见到那些德藏龟兹壁画就像见到亲人一样地激动。

二十几年的工作下来，赵莉已把大多数德藏克孜尔壁画复原到洞窟原来的位置上。这一成绩的取得，是她在克孜尔石窟那样艰苦的环境下多年坚守、刻苦研究的结果。我还记得2008年1月南疆赶上多年未遇的大雪，我率队考察和田，在除夕之前的一个晚上赶到克孜尔。赵莉带着所里的几位年轻人在那里值班，让我们吃上一顿热乎乎的面条，还给我们腾出有暖气的宿舍过夜，真是让我们感激不尽。

2009年5月，我和朱玉麒一起造访刚刚更名的新疆龟兹研究院，达成合作调查研究龟兹地区现存吐火罗语资料，特别是石窟题记的协议，赵莉作为龟兹研究院一方的学术领队，在此后的数年中与北京大学中国古代史研究中心、中国人民大学国学院西域历史语言研究所合作，带领我们一起调查龟兹各石窟的胡语题记，这一合作项目已经取得一系列成果。

与此同时，赵莉继续她的海外散藏龟兹石窟壁画的复原研究。最近若干年来，她有机会较长时间逗留于德国柏林亚洲艺术博物馆、俄罗斯国立艾尔米塔什博物馆、法国集美博物馆，考察实物，核对数据，与各国馆员密切合作，让克孜尔石窟壁画用数码技术的方式"回家"。我每一次见到她，她都兴奋地述说着最近的收获，对于海外的收藏，如数家珍。这次她把调查的收获，以"海外克孜尔石窟壁画及洞窟复原影像展"的形式陈列出来，并编成《克孜尔石窟壁画复原研究》一书，因为

赵莉《克孜尔石窟壁画复原研究》序

赵莉著《克孜尔石窟壁画复原研究》

她知道我对此颇为关心,特邀我作序。我为她的成就感到由衷高兴,故谨就克孜尔石窟壁画流散问题,以及赵莉复原工作的学术意义,略作表彰,是为序。

(2018年7月10日完稿于海德堡。2018年11月11日以"让龟兹石窟壁画复原回家的人"为题,发表于《光明日报》第12版。本书2020年12月由上海书画出版社出版。)

徐畅《长安未远：唐代京畿的乡村社会》序

区域社会史的研究，一直是中国古代史研究的一个重要领域。不过宋代以前由于地方史料较少，所以一般来说是很难做区域社会史研究的。然而，地域社会史研究是推动史学进步的一个有力视角，于唐史研究也不可或缺。早在1997年，日本京都大学爱宕元教授就汇集自己有关论文合集为《唐代地域社会史研究》；日本唐代史研究会也意识到这一问题的重要性，1999年编辑出版的唐代史研究会报告集第八集，即为《东亚史上的国家与地域》；虽然都是散篇论文，未必都契合主题，但"地域社会"的问题意识十分强烈。当2007年中国唐史学会计划在上海师范大学召开学术研讨会时，我在筹备会上极力倡导以"地域社会"为主题，成果就是严耀中教授主编的《唐代国家与地域社会研究：中国唐史学会第十届年会论文集》一书，因材料原因，论题不集中，推进也有限。

幸运的是，唐朝两京地区保存史料相对多一些，特别是最近二三十年来大量碑志的出土，为这项研究提供了深入的可能。徐畅博士的这本著作，题为"唐代京畿的乡村社会"，选择唐代京畿地区作为区域社会史研究的探索领域，汇集传统文献、石刻资料、考古文物材料，乃至敦煌吐鲁番文书中的有关记载，深入检讨都畿地区特定的乡村社会，在京畿地区乡里的复原、

徐畅著《长安未远：唐代京畿的乡村社会》

当地户口的统计、民户生计的考察等方面，都有超越前人甚至填补空白之处。这项研究有不少方面是前人没有做过的工作，而这也正是历史学工作者责无旁贷的任务。与此同时，要处理这样一个城乡之间、都畿周边的地域社会历史，史料零碎而不系统，因此需要有自觉的理论思考。这方面，作者也做了充分的努力，其结论可以和宋元明清地域社会史研究相比较。

大概在 2006 年春季学期，我曾经在中国人民大学给新成立的国学院学生上过一门"西域胡语与西域文明"的课，徐畅是课代表，经常有机会和我交谈。我发现这个本科生学习认真，遇到问题追根到底，有做学问的资质。后来我和国学院的孟宪实教授一起合作整理"新获吐鲁番出土文献"，徐畅写了一篇关于"城主"的文章，孟老师介绍她来和我谈谈，我觉得相当不错，经过改订，推荐到《西域研究》上发表。以后徐畅从隋唐史转向秦汉史的学习，师从王子今教授，对于秦汉社会生活史、性别史以及出土简牍，都有些心得，在《历史研究》等刊物上发表了几篇文章，崭露头角。

2010 年，徐畅考入北京大学历史系，跟从我攻读博士学位，又转到隋唐史的领域，先后参加过我所主持的"新获于阗汉文文书的整理与研究""大唐西市墓志的整理与研究""新出土及海内外散藏吐鲁番文献的整理与研究"项目，同时也参加社科院历史所黄正建先生主持的"《天圣令》读书班"和北大等单位的学者主持的"走马楼吴简读书班"等，受到了多方面的训练。她读书用功，勤于写作，完成多篇不同课题的论文，先后发表在《文史》《中华文史论丛》《简帛研究》《敦煌研究》《吴简研究》《文献》等刊物上。她还应汪海岚（Helen Wang）和韩森（Valerie Hansen）的要求，为她们所主持的"丝绸之路上作为货币的织物"（textiles as money on the Silk Road）项目，撰写了一篇关于唐朝绢帛并行的文章，翻译发表在《英国皇家亚洲学会会刊》（*Journal of the Royal Asiatic Society*）上，这对于一个博士生来说，是难能可贵的。

现在，徐畅的书稿经过多年的修订、打磨、增补、理论提升，终于纳入"三联·哈佛燕京学术丛书"，行将付梓，征序于我。因略述唐代地域社会史研究之学术脉络，以及与徐畅学术之交往如上，是为序。

（2018年7月31日酷暑中完稿于北大朗润园中所。载《人文》第4卷，2020年12月北京中国社会科学出版社出版。本书2021年4月由北京生活·读书·新知三联书店出版。）

《北京大学海上丝路与区域历史研究丛书》总序

　　中国是一个国土幅员辽阔的大国，中国也是一个拥有漫长海岸线的国家。溯至远古时期，我国先民就已开始了对海洋的探索。秦汉以降，经由海路与外部世界的交往，更成为一种国家行为，秦始皇派徐福东渡，汉武帝遣使西到黄支，孙吴时有朱应、康泰前往南洋，唐朝时则有杨良瑶远赴大食，直到明初郑和七下西洋，官方主导的外交与外贸持续不断。而民间的交往虽然被史家忽略，但仍然有唐之张保皋、明之郑芝龙家族等，民间的向海而生，时时跃然纸上。特别是唐宋以降，海上"丝绸之路"的迅猛发展，使得中国官民通过海路与沿线国家进行着频繁的政治、文化交往，海上贸易也呈现出一片繁荣的景象。

　　这条海上"丝绸之路"，联通东北亚、日本、南洋、波斯、阿拉伯世界，远到欧洲、东非，并以此为跳板，连接到世界更广阔的地域与国家，它不仅仅是东西方商业贸易的桥梁，也是沿线各国政治经济往来、文化交流的重要纽带。海上"丝绸之路"沿线的国家，也同样是面向海洋的国度，它们各自的发展与壮大，也见证了海上"丝绸之路"的发展；这些国家的民众，也曾积极参与海上贸易，特别是在大航海时代到来之后，逐步营建出"全球化"的新时代。

　　古为今用，我国"一带一路"合作倡议的提出，旨在

《北京大学海上丝路与区域历史研究丛书》第一种
李伯重、董经胜主编《海上丝绸之路——全球史视野下的考察》

借用古代"丝绸之路"的历史符号,积极发展与沿线国家的经济合作伙伴关系,彰显我国在国际社会中的担当精神。

2019年初,北大历史学系受学校委托,承担大型专项课题"海上丝绸之路及其沿线国家和地区历史文化研究",我们深感这一研究的时代意义以及史学工作者承载的历史使命。重任在肩,我们积极组织系内有生力量,打通中外,共同攻关;与此同时,我们也寻求合作伙伴,拓展渠道,与校内外同行共襄盛举。以此项目启动为契机,我们筹划了"北京大学海上丝路与区域历史研究丛书",希望在课题研究深入的同时,有助于推动历史学系的学科建设,利用这套丛书,发表本系及其他参与人员的研究成果,共同推进海上丝绸之路与沿线区域的历史研究。

让我们共同翻开史学研究的新篇章!

(2020年6月6日完稿,载《北京大学海上丝路与区域历史研究丛书》各册卷首。本丛书前两册为吴小安《区域与国别之间》,2021年3月由科学出版社出版;李伯重、董经胜主编的《海上丝绸之路——全球史视野下的考察》,2021年4月由社会科学文献出版社出版。)

伯希和、韩百诗《圣武亲征录——成吉思汗战纪》汉译本序

去年我知道尹磊兄把伯希和（Paul Pelliot）、韩百诗（Louis Hambis）译注的《圣武亲征录》翻译出来，心想他一定有一些译后的感言，于是为《汉学研究通讯》向他约稿，结果不出所料，他果然很快把《伯希和、韩百诗〈圣武亲征录译注〉译者的话》一文寄来，同时表示请我给这个译本写一篇序。我没加思索地就答应下来，这是一种礼尚往来，况且我和他只见过一面，不好拒绝。过后一想，我哪里有资格写这样一篇序呢？一来我不做蒙元史，没有读过《圣武亲征录》这本书，二来伯希和、韩百诗的书我过去也没有读过，对这本书的价值并不十分清楚。可是君子一言既出，驷马难追，答应的事只好硬着头皮来做，这样倒是让我对这本译注先睹为快。

现在想想自己贸然应允，可能下意识里有几个因素在起作用。一是我的恩师张广达先生在中西交通史、隋唐史之外，兼治蒙元史，但我还没有机会和他学习这个方面的知识他就远走他乡，只是读过他给《素馨集——纪念邵循正先生学术论文集》撰写的有关蒙元时期的大汗斡耳朵的论文。二是我上学时常常到家住中央民族学院（今称民族大学）家属院的张先生家里去，他还特别带我到住在同一楼栋里的贾敬颜先生家里去拜访过，

依稀记得贾先生对《圣武亲征录》有所贡献。三是我留校后的一段时间里，余大钧先生被张广达先生"挖到"北大来，据说亦邻真教授气得很长时间不理他。余先生不善交往，在北京没有什么朋友，所以吃过晚饭，常常到我的筒子楼宿舍里来聊天，其实就是他说我听，其间也有《圣武亲征录》这本书，但讲了什么，我现在是记不住了。还有就是1985年我从荷兰莱顿大学汉学院副本书中，购买过这本《圣武亲征录》，而且是著名汉学家戴闻达（J. J. L. Duyvendak）的藏书，但我一直没有阅读过，连毛边本都没拆开就送给一位治蒙元史的年轻人了。可能骨子里有这样的一些"历史记忆"，加上我近年来在和一些年轻的朋友们一起读《马可·波罗行记》，对于伯希和、韩百诗在《行记》方面的贡献十分钦服，因此也就答应下来。

有关这部译注的成书过程，韩百诗的《导论》已经叙述得十分详细，而此后有关《圣武亲征录》的研究和这本法文译注的引用情况，尹磊也在《译者的话》中做了详细的说明。我这里也没必要再像钟焓《一入考据深似海——伯希和及其内亚史研究概观》一文那样赞叹译注表现出的伯希和的渊博知识，这是他在北大上本科时和我经常议论的话题；也不必要重复艾骛德（Christopher P. Atwood）关于伯希和采录与《圣武亲征录》有关的《说郛》时的优劣，2008年我在巴黎参加"伯希和：从历史到传奇"（Paul Pelliot, de l'histoire à la légende）国际学术研讨会时，酒会上我和艾骛德被安排坐在对面，一直听他在讲伯希和与《圣武亲征录》的话题。我这里只想特别强调一点的是：

没有韩百诗，就没有伯希和。

我们知道，伯希和是个杂家，兴趣广泛而不专一，有感而发而不讲求文章著述，所以生前发表的大量学术成果，大多是论文、书评，专著极少。与他的老师沙畹或同时代的东方学家相比，他更像是一位语文学家，而不是历史学者，没有自己成系统的著作。但伯希和身后留下了大量的手稿，其中也有不少杂乱无章。幸运的是，伯希和有一位杰出的学生韩百诗，他在学术上也能够撑得起伯希和构筑的广阔学术天地，本身的学养极为深厚，可以独自做出相当厚重的学术研究成果。但是，韩百诗在他的老师1945年故去之后，就把大量的精力放在整理先师的著作上来。

伯希和的遗稿主要被编辑为《伯希和遗著》（*OEuvres posthumes de Paul Pelliot*）和《伯希和考古丛刊》（*Mission Paul Pelliot*）两种丛书，其中韩百诗编辑的有：纳入前者的《蒙古秘史译本》（*Histoire secrète des Mongols*）、《金帐汗国史注》（*Notes sur l'historire de la Horde d'Or*），两书均在1949年出版；《圣武亲征录译注》，1951年出版；《西藏古代史》（*Histoire ancienne du Tibet*），1961年出版。纳入后者的《图木舒克遗址：图版编》（*Toumchouq. Planches*），1961年出版；《图木舒克遗址：文字编》（*Toumchouq. Texte*），1964年出版；《都勒都尔·阿护尔与苏巴什遗址：图版编》（*Douldour-âqour et Soubachi. Planches*），1967年出版；《集美博物馆所藏敦煌绢幡绘画：图版编》（*Banniéres et peintures de Touen-houang conservées au Musée Guimet. Planches*），1976年出版；《库车遗址寺院建筑：都勒都尔·阿护尔和苏巴什遗址：解说编》（*Koutcha, Temples*

[法]伯希和、韩百诗注《圣武亲征录——成吉思汗战纪》

construits: Douldour-âqour et Soubachi. Texte），1982年出版。此外，还有不能不提到的伯希和《马可·波罗注》（*Notes on Marco Polo*），也是由韩百诗整理，分三卷在1959—1973年间出版；他还把穆阿德(A. C. Moule)和伯希和英译的《马可·波罗寰宇记》译成法语出版（*Marco Polo. Le devisement du monde*, 1955），这也是对其业师伟大功绩的弘扬。可以看出，在韩百诗1978年去世之前，他整理出版了大量伯希和的著作，以至于他留下的自己的著作却只有几种。

学术是一种接力赛，从伯希和到韩百诗，伯希和之学得以传承。现在，这部《圣武亲征录译注》得以转译成中文，尹磊成为接力的队员。我很早就从新疆社会科学院的殷晴老师那里听到尹磊的名字，那时他在新疆大学读书，跟从殷老师治于阗史。殷老师极力推荐他来考我的研究生，但他后来进入南京大学，跟随华涛先生治中亚史。后来有机会赴法国学习，跟从魏义天（Étienne de la Vaissière）治粟特学。这两位都是我的好友，学问堪称一流，尹磊在他们的训导下，颇有成就。如今他以业余时间翻译伯希和、韩百诗这部极其细致的译著，于蒙元史及中西交通史均有贡献。我亦借其余勇，奋笔作序，以成就此番美事。

（2021年1月27日完稿于三升斋，载《国际汉学研究通讯》第22期，2021年10月北京大学出版社出版。本书2022年8月由上海古籍出版社出版。）

侯灿《楼兰考古调查与发掘报告》序言

楼兰是西域历史上一个重要的王国，不论从西域与中原王朝的关系史来看，还是从东西方文化交流中所处的位置来讲，楼兰都扮演着极其重要的角色，受到学术界的广泛关注。同时，楼兰又是西域诸王国中由于自然条件的变化而彻底消失的一个西域大国，对于今天的学术界，特别是关注生态环境对人类影响问题的考古、地理、环境、历史、气候等多个学科的学者，都是一个极富吸引力的问题，引发国内外许多学者多年来努力钻研，使楼兰成为一个国际上持续不断的热门话题。

现代意义的楼兰研究，应当起始于 1900 年瑞典探险家斯文·赫定（Sven Hedin）对楼兰的考古发掘。1903 年，他的纪实性行记的英文本《中亚与西藏》（*Central Asia and Tibet: Towards the holy city of Lassa*）出版；随后在 1904—1907 年间，他又编写了八卷本的《1899—1902 年中亚旅行的科学成果》（*Scientific Results of a Journey in Central Asia 1899—1902*），吸引了普通读者和专业学者对楼兰和罗布泊的兴趣。1906 年，英国考古学者斯坦因（Aurel Stein）奔赴楼兰，赶在他推测的其他探险队到来之前，系统调查、发掘了楼兰地区大部分城址和墓葬。1912 年，他先出版了两卷本的个人旅行记《沙埋契丹废址记》（*Ruins of Desert Cathay*）；然后在 1921 年，又出版五卷

新疆师范大学
黄文弼中心丛刊

楼兰考古调查
与发掘报告

侯灿 编著

凤凰出版社

侯灿编著《楼兰考古调查与发掘报告》

本的正式考古报告《西域考古图记》（*Serindia: Detailed report of Explorations in Central Asia and Westernmost China*）。其实，楼兰的宝藏哪里可能尽入斯坦因囊中？他走后不久的1909年，日本大谷探险队的橘瑞超发掘楼兰古城，获得证明海头与楼兰所在的"李柏文书"。1914年斯坦因再度到此，又有所获。到1927—1935年中瑞西北科学考察团期间，中方队员黄文弼在土垠遗址掘得汉代木简，瑞方队员贝格曼（Folke Bergman）在小河遗址发掘了史前人墓地，都是十分重要的考古发现。此后，楼兰的考古发掘一度中断。

中华人民共和国成立以后，这里成为核试验基地，包括楼兰古城在内的许多地区，一度被列为"军事禁区"，普通人不得入内。因此在很长一段时间里，对于楼兰真正具有发言权的学者并不多，因为大多数学者都没有亲临其境；即使到过楼兰，也很少有人能够动土发掘。1980年，幸运之神落在新疆社会科学院考古研究所的侯灿先生头上，当时中日邦交正常化，日本NHK电视台提出要进入楼兰拍摄丝绸之路，得到中国国家领导人的批准。经过一番勘察之后，当年4月，侯灿率领一支考古队进入楼兰，对楼兰及其附近遗址做了正式的考古调查和发掘。由此，他成为中瑞西北科学考察团之后第一位从事楼兰考古的新疆考古工作者，而且他所主持的楼兰考古发掘工作，获得了非常丰富的文物和文献材料，填补了我国考古工作的某些空白，使得我国学者在楼兰研究上有了发言权，并为国际学术界所瞩目。

抖掉身上的沙土，回到乌鲁木齐的侯灿先生笔耕不辍，到1987年3月，就完成了《楼兰考古调查与发掘报告》。这是他所主持的考古调查与发掘的正式报告，对于调查发掘经过、考古发掘所得文物，都做了详细的描述，并对照前人发掘的同类物品做了细致的分析研究，图文并重，还有大量线描图和数据统计表，体现了一个考古科班出身的研究者的学术素养。这本书可以说是"文化大革命"以后我国考古研究的重要成果，可惜由于种种原因，一直没有出版，而侯灿先生也于2016年6月去世，成为其终身遗憾。

侯灿先生的另一重要学术领域是吐鲁番文书和墓志研究，他利用这两类资料，对高昌国的官职、年号等做过精深研究。1985年我毕业后协助北大诸位先生编辑《敦煌吐鲁番文献研究论集》，曾受命与他联系，就其来稿《解放后新出土吐鲁番墓志录》往复商议。以后有机会去新疆，或侯灿先生来京，我都得以拜见问学。1990年，侯灿先生出版《高昌楼兰研究论集》，执以相赠，奖掖后学。

1998年侯灿先生退休后移居成都，仍然心系新疆考古，先后整理出版《楼兰汉文简纸文书集成》三卷（1999年11月）、《吐鲁番出土砖志集注》两册（2003年4月）。今天我们又乐见其《楼兰考古调查与发掘报告》即将出版，而主其事者孟宪实教授命我弁言数语，因略述楼兰考古研究历程及侯灿先生的贡献。是为序。

（2020年8月9日完稿于三升斋。2022年1月27日以"中国学者在楼兰研究上有了发言权——读侯灿《楼兰考古调查与发掘报告》"为题，发表于《光明日报》第11版。本书2022年3月由凤凰出版社出版。）

荣新江、党宝海编《马可·波罗研究论文选粹（中文编）》序

马可·波罗在中国可谓家喻户晓，他来中国的行纪也多次被译成中文，有的译本还反复翻印，读者非常广泛。但马可·波罗又是一个扑朔迷离的人物，他声称蒙古大汗忽必烈（也是元朝皇帝）对他如何信任，常常派他出使各地，因此才有他如此丰富的旅行记录。可是这样一个在皇帝身边转悠的人物，在号称文献记载极为丰富的汉文典籍中，却一直没有见到马可·波罗或类似的名字，也没有同他一样的人物事迹保存下来。但早在1942年，杨志玖先生在北京大学文科研究所读书期间，就从残存的《永乐大典》保存的《经世大典·站赤门》中，找到一条记载1290年元朝安排伊利汗国三位使臣兀鲁䚟、阿必失呵及火者取道马八儿回国的诏书，三位使臣的名字与马可·波罗在他的行纪中的记载完全一样，于是坐实了马可·波罗一定是来过中国的。

虽然马可·波罗的书常常以"行纪"的名字印行于世，但它不是严格意义上的旅行记，而是大体按照他的旅行顺序，对他所经行或听闻的地方的详细描述，用"寰宇记"更为恰当。因为《寰宇记》有关中国道路、物产、商贸、政事、制度、风俗、宗教、信仰等方面的情况有详细的记录，这些记录有的时候甚

至比元朝的文献还详细，因此备受学者的关注。利用中文史料与马可·波罗《寰宇记》的说法相互印证，正是中国学者研究马可·波罗和他的《寰宇记》最擅长的方面，因为与西方和日本的学者相比，中国学者对于中文史料应当更加熟悉，特别是治蒙元史的学者，这是他们所擅的胜场。这样的研究成果，一方面可以坚实马可·波罗到过中国的说法，这是在西方一直有人怀疑，也是中国学者最感兴趣的话题；另一方面也可以利用马可·波罗的详细记载，来补正、丰富元朝的史事，因为马可·波罗的信息来源与元朝的汉族文人和史官往往不同，作为色目人，他对某些事件的观点也不一样。

正是在这样的学术背景下，中国学者对于马可·波罗及其行纪做了大量的研究工作，阐述马可·波罗有关中国的种种记载。特别是1995年吴芳思《马可·波罗到过中国吗？》一书的出版，从反面大大推动了中国学者的马可·波罗研究，产生了一系列有针对性的研究文章，把相关问题更加深化。

北京大学国际汉学家研修基地"马可·波罗研究项目组"在会读、校注马可·波罗《寰宇记》的过程中，对于中国学者的优秀研究论文做了系统的收集、阅读和分析，除了把其中的优秀成果以"汇释"的方式纳入我们的马可·波罗《寰宇记》翻译校注中之外，考虑到一些文章的学术价值和可读性，我们打算把其中的优秀论文汇集出版，这就是目前这本《马可·波罗研究论文选粹（中文编）》的缘起。我们把精选的35篇文章分为五组：马可·波罗和他的行纪，马可·波罗与元代政治、制度及习俗，马可·波罗与中国北部，马可·波罗与中国南部，

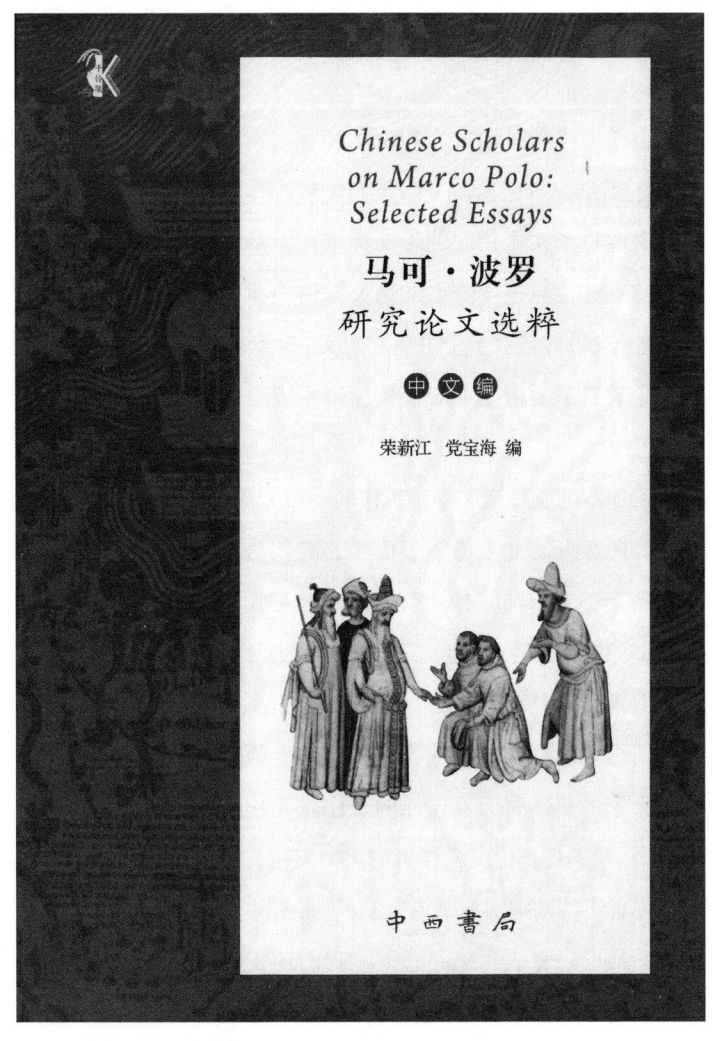

荣新江、党宝海编《马可·波罗研究论文选粹（中文编）》

马可·波罗研究学术史，基本涵盖了中国学者研究马可·波罗的主要方面，也尽可能包含历年来有关马可·波罗研究的相关论说。

由于大多数早期发表的论文都收入作者后来的论文集中，有的还不止一本论集，所以我们一般选择既能反映初刊时的状态，又改订了文本错误的论文集本，但都和初刊时的文本对校一过。一些没有电子文本的论文，由中西书局安排录入后，我们分工校对，并核对了全书史料引文。每篇文章都有负责的老师、学生编校，最后由主编统稿校读，希望提供给读者一个最佳的文本。

参加本书所收论文校对工作的马可·波罗读书班的成员有：陈希、陈烨轩、党宝海、董汝洋、冯鹤昌、付马、高亚喆、寇博辰、李心宇、马晓林、苗润博、求芝蓉、任柏宗、沈琛、孙瑀岑、王栋、王溥、严世伟；史料引文由王溥、宛盈核对一过；书稿编辑过程中，张晓慧、张良、罗帅先后做了联络组织工作。我们对尽职、尽责的参加编纂工作的老师、同学们表示感谢，没有大家的集体努力，这样的工作是无法完成的。在本书编选过程中，我们得到论文原作者的大力支持，并同意收入本书再刊。有些作者还特别把文章录入电脑，提供给我们精确的电子文本。对此，我们一总表示衷心感谢。我们还要感谢中西书局领导接纳出版这样专业的书籍，感谢责任编辑伍珺涵女史的精细工作，让本书得以顺利出版。

这本书是我们"马可·波罗研究项目组"的阶段性成果，和我们编的另一本《马可·波罗研究论文选粹（外文编）》构成姊妹篇,相信这两本书必将对今后马可·波罗研究起到推动作用。

(2021年8月18日完稿,载《国际汉学研究通讯》第23、24期,2022年6月北京大学出版社出版。本书2021年12月由上海中西书局出版。)

段晴《神话与仪式:破解古代于阗氍毹上的文明密码》推荐词

2007年新疆和田洛浦县山普拉发现了几张毛毯,因为上面有于阗语铭文,所以文物部门请北京大学段晴教授来解读。段老师见到这批毛毯后,一下子被上面的图像所吸引,随即展开一系列研究工作,包括文字的解读、图像的分析,还和织物专家一起研究毛毯的织法,并请科技考古专家测定碳十四年代,最终认定这是公元6世纪织成的氍毹,图像表现了古代于阗塞人(斯基泰人)传承的宗教神话,这些传说源自西亚苏美尔和希腊神话,是古代东西方文化交流在于阗的结晶。

段晴早年师从北大季羡林先生,攻读梵文、巴利文,后留学德国汉堡大学,跟从恩默瑞克教授学习中古伊朗语,专攻于阗语。她的学术跨越印度、伊朗两大语族:不仅精通中亚流行的混合梵语、犍陀罗语、于阗语、据史德语,还旁通叙利亚语、粟特语等,并解读了丝绸之路出土的多种胡语文献,出版有许多重要论著。

正当这项艰苦的研究成果《神话与仪式》一书即将付梓之际,段老师不幸罹患绝症。她没能像书中主人公之一伊楠娜那样,成为"长生女神",但她给我们留下了一系列有关胡语文献的论著和这部涉及多学科的研究成果,把自己用生命拯救的一部

89　段晴《神话与仪式：破解古代于阗氍毹上的文明密码》推荐词

段晴著《神话与仪式：破解古代于阗氍毹上的文明密码》

图像史,留在了人间。我相信,她会像书中描述的"起死回生"的故事一样,从冥间到阳界,最终升至天国。

(2022年7月15日完稿。本书2022年9月由北京生活·读书·新知三联书店出版。)

荣新江、党宝海编《马可·波罗研究论文选粹（外文编）》序

马可·波罗（Marco Polo）是13世纪下半叶意大利威尼斯的一位商人，以其记述东方旅行的《寰宇记》而闻名。他是在1271年跟随他的父亲尼古拉（Niccolò）和叔叔马菲奥（Maffeo）经陆路前往中国，而他的父、叔则是第二次前往蒙古大汗的国土。三位波罗在中国生活了十七年后，经过海路返回，于1295年回到威尼斯。让马可·波罗名垂青史的著作并不是一部旅行记，而是对所见所闻的未知世界的描写，因此书中缺少他们一行三人以及马可·波罗在中国旅行的路程和时间记录。然而，尼古拉和马菲奥的第一次东方之行，同蒙古忽必烈大汗与西方基督教世界的联系有关，因此相关的人物、事迹仍能从西方教会的史料中勾稽出来。而波罗一家作为威尼斯的富商，迄今仍保存有其家族的一些遗嘱、分配资产文书、法院判决书等档案资料，对于马可·波罗回到威尼斯以后的行踪仍能大体厘清。这些马可·波罗东方之行前后的事迹，也是理解他的《寰宇记》的重要依据。

东西方学者对于马可·波罗的研究，一方面是对马可·波罗《寰宇记》本身的注释与阐发，另一方面则是对马可·波罗及其家族事迹的勾稽与发微。波罗商人的两次东行的时间，正

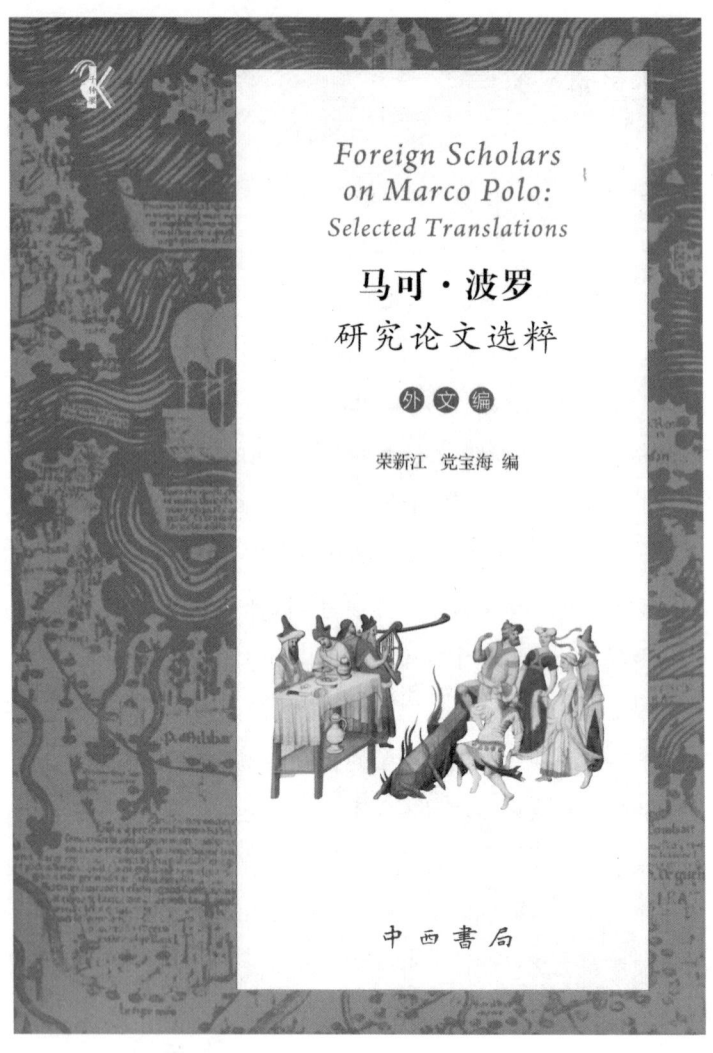

荣新江、党宝海编《马可·波罗研究论文选粹（外文编）》

是在欧洲拉丁国家与埃及马穆鲁克王朝、波斯伊利汗国、俄罗斯金帐汗国等势力相互角逐的时期,西方学者在基督教教会史研究的强大背景支持下,对于波罗商人东行的前因后果,包括与鲁布鲁克、柏朗嘉宾东行的关系,约翰长老传说的影响等,都做了仔细的梳理,基本上澄清了他们两次东行的时间脉络。而清理波罗家族的财产和纠纷,则更是西方学者的贡献。一些西方汉学家和日本的东方学家也是马可·波罗研究的重要力量,他们更多的是在马可·波罗所记载的中国城市、物产、技术、道路等方面,做出详细的解说。

北京大学国际汉学家研修基地"马可·波罗研究项目组"在会读、校注马可·波罗《寰宇记》的过程中,选取外文研究论著中部分最优秀的论文,计有英语、法语、日语论文16篇,尽量依靠最新的文本,分工进行忠实的翻译,并经过反复校对,结成本集。这些论文包含了欧美、日本学者研究马可·波罗及其《寰宇记》各个方面的主要成果,包括波罗家族的历史、波罗商人东行的原因、马可·波罗自身经历、旅行年代,以及有关《寰宇记》各种写本的论述,还有对其所记物种、地名等方面的考证,所记城市、地区的分析比照,等等。这项工作原本是我们进行马可·波罗《寰宇记》翻译校注时的参考,考虑到这些文章的学术价值和可读性,我们打算把它们汇集出版,这就是目前这本《马可·波罗研究论文选粹(外文编)》的由来。

收入本书的每篇论文都由熟悉相关语言的年轻学者翻译,并有专人校译,最后由编者通校统稿,原文除了英、法、日文外,行文中还引用了大量拉丁文、意大利文、蒙古文等史料片段,我们都尽量做出翻译，同时我们的翻译团队也相互补充帮助。参加翻译和校对的马可·波罗读书班成员有：包晓悦、陈春晓、党宝海、范佳楠、冯鹤昌、付马、孔令伟、李鸣飞、罗帅、马晓林、求芝蓉、田卫卫、王一丹、于月、张晓慧，后期编校工作则马晓林、求芝蓉、王溥贡献最多，在此对这些老师和同学表示感谢。译文中有部分法意混合语或拉丁文的处理，还得到意大利学者安德烈欧塞（Alvise Andreose）教授、北大历史学系李文丹老师、法国留学生颜典（Adrien Dupuis）、南开大学研究生霍晨铭几位的帮助，谨此致谢。另外，罗依果《马可·波罗到过中国》一文曾由张沛之女史翻译发表，感谢她同意并做了新的修订后收入本书，该译文注释体例与本书其他文章略有不同，我们尽量做了调整，也请读者察知。个别论文我们还得到原作者的帮助，他们推荐文章，代查资料。其中何史谛（Stephan G. Haw）先生还特别要求校对我们的汉译文，并改正若干问题，使译文更加准确。对于他们的高情厚谊，我们在此表示衷心感谢。我们还要感谢中西书局领导接纳出版这样专业的书籍，感谢责任编辑伍珺涵女史的精细工作，让本书得以顺利出版。

这本书是我们"马可·波罗研究项目组"的阶段性成果，和我们编的另一本《马可·波罗研究论文选粹（中文编）》构成姊妹篇，相信这两本书必将对今后马可·波罗研究起到推动作用。

（2021年8月18日完稿。原载《国际汉学研究通讯》第23、24期，2022年6月北京大学出版社出版。本书2022年11月由上海中西书局出版。）

李伟国《中古文献考论——以敦煌和宋代为重心》序

在中国敦煌学研究史上，上海古籍出版社的贡献应当写上浓重的一笔，而几位主其事者中间的一位核心人物，就是本书的作者李伟国先生。

敦煌文献的公布一直是敦煌学研究的强大动力。在20世纪70年代末英国国家图书馆、法国国家图书馆、北京图书馆（中国国家图书馆）公布了所藏敦煌文献主体的缩微胶卷以后，学术界最希望看到的是苏联列宁格勒所藏的敦煌文献。除了苏联学者陆续发表的材料外，只有极少数学者以"挖宝式"的方法，获得一些有价值的文书来作为自己的研究素材。让学界赞叹不已的是，从1989年开始，上海古籍出版社借助上海市与列宁格勒市的友好城市关系，敲开了苏联（很快成为俄罗斯）的敦煌宝库的大门。在出版社领导的总体谋划下，在李伟国先生的率领下，上海古籍出版社的工作小组，数次前往列宁格勒（后来变成圣彼得堡），经过与俄方的艰苦谈判，最终获准拍照，并按编号顺序，将全部俄藏敦煌汉文文书的图版予以刊布。其中既有俄国学者研究发表的写卷，也有大量从来没有人触及过的文书；既有敦煌的写本，也有吐鲁番、和田、黑城等地出土而混入敦煌编号的文献，可以说是一个巨大的宝藏。从1992年到2001年，上海古籍出版社联合俄罗斯科学院东方学研究所圣彼得堡分所、俄国科学出版社东方文学部,合编而成《俄藏敦煌文献》17大册,影印刊布了Ф.1—366号和Дх.1—19092号的全部图版,为敦煌学,乃至吐鲁番、于阗等方面的研究,提供了大量全新的材料,极大地推动了相关学术领域的发展。

《俄藏敦煌文献》的编印,是上海古籍出版社一个更为庞大的计划的一部分,这就是李伟国先生在本书所收《〈敦煌吐鲁番文献集成〉编辑构想》中讲述的《集成》。此后,上海古籍出版社陆续刊布了与上海博物馆合编的《上海博物馆藏敦煌吐鲁番文献》2册(1993年),与北京大学图书馆合编的《北京大学藏敦煌文献》2册(1995年),与法国国家图书馆合编的《法藏敦煌西域文献》34册(1995—2005年),与天津艺术博物馆合编的《天津艺术博物馆藏敦煌文献》7册(1997—1998年),与上海图书馆合编的《上海图书馆藏敦煌吐鲁番文献》4册(1999年)。这其中都有着李伟国先生的贡献,而收入本书的一些篇章,也是这项伟大工程的详细记录。

伟国先生治宋史出身,后来长期在上海古籍出版社工作,熟悉中国传统典籍文献,故此在接触敦煌文献后,在从事编辑出版的同时,也能够上手从事研究。这点难能可贵,收入本书的有关敦煌本《玉篇》《文选》《刘子》诸篇,就是绝好的证明。

由于具有良好的文献学功底和宋史研究的学术训练,李伟国先生在离开上海古籍出版社的敦煌文献项目之后,很快回到自己的宋史和宋代文献研究的本行,尤其关注前人较少措意的宋代石刻材料的收集和整理。从2008年以来,他不断推出有关宋史和宋代文献的研究成果,甚至在退休之后,仍乐此不

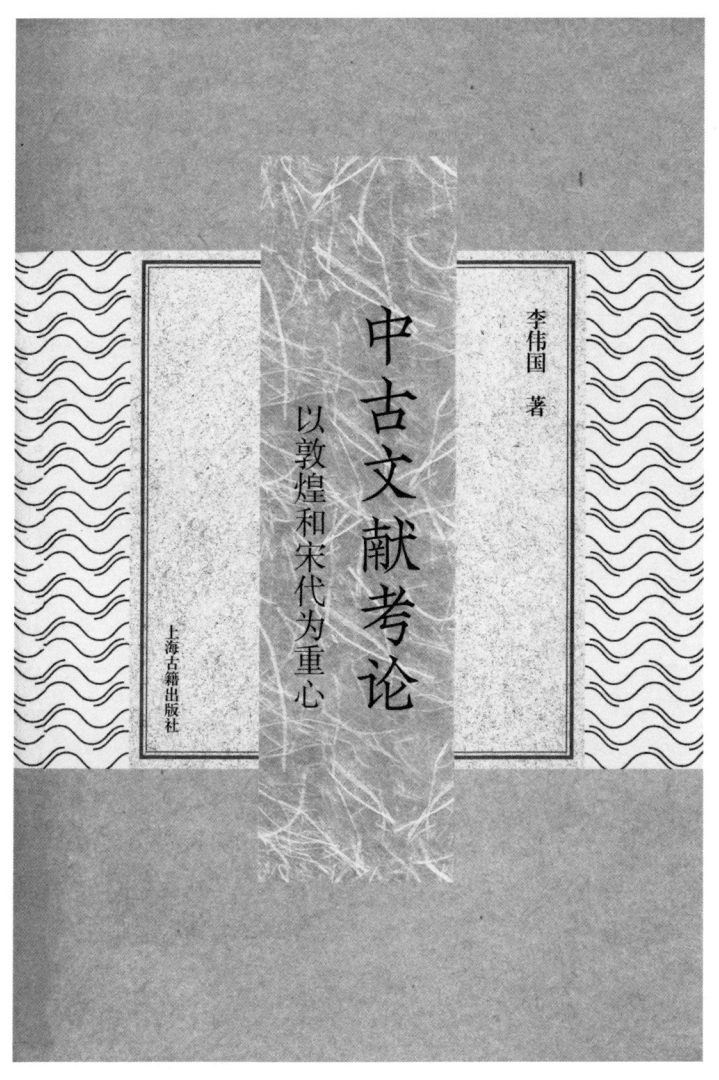

李伟国著《中古文献考论——以敦煌和宋代为重心》

疲，这就是收入本书中的更大篇幅的文字。听说最近他完成了三百万字的《宋文遗录》，出版有期。

  我与伟国先生以敦煌结缘，对他的敦煌学事业多有知闻，对他的宋史研究也略知一二。此书付梓之际，伟国先生命我作序。以年辈论，固当推辞，但于学于谊，又不敢推诿。今勉力为之，从敦煌学学术史脉络，略述伟国先生对敦煌学之贡献，是为序。

  （2022年9月30日完稿于北大朗润园。本书2022年11月由上海古籍出版社出版。）

荣新江主编《丝绸之路上的中华文明》后记

本书是北京大学国际汉学家研修基地主持的"中华文明传播史"项目的组成部分,是该项目系列工作坊首批结集出版的成果。

中国文化在欧亚大陆的东端发生、发展起来,虽然相对来讲地理环境较为封闭,地理位置比较边缘,但中国从来没有完全闭关自守,而是从很早的时候,就与中亚、南亚、东南亚,乃至西亚、欧洲、北非有着往来与交流。然而,近代以来中国落后挨打,现代学术研究大多数都是从西欧发生、发展,有关中西文化交往的历史最早都出自西方学者或来东方的传教士之手,他们依据自身的学术认知体系,自然而然地从自身文化的角度来观察中国文化,把其中与西方相似的物品与思想,用传播论来加以解说,主张一切都来自西方,即所谓"中国文化西来说"。第二次世界大战以后,包括中国在内的亚非国家独立自主地得到发展,一些西方开明人士开始认识到中国文化的特性与价值,中国学者也努力发掘中国文化各方面的成就,仅仅考古学的成果,就为今天重新认识中国文化提供了丰富的材料。

我们今天就是在这样一个新的学术环境下来讨论中国文化,特别是中国文化也同样向外传播的问题。因为中国考古学的成绩极为突出,尤其在最近四十年中出土了大量的文物资料,展

荣新江主编《丝绸之路上的中华文明》

现了中国物质文化的种种面貌。与此同时，丝绸之路沿线的中亚地区，也向世界考古学者开放，中国学者开始进入中亚地区进行考古发掘，也了解了此前数十年来各地出土的丰富资料，这对于我们认识国外出土的中国文物或带有中国文化因素的文物提供了宝贵的机会。

作为一次专题工作坊，我们首先的目标是陆上丝绸之路的考古学成果，当然也不排除与之相关的海上丝绸之路的材料。同时，我们把这次工作坊的研究时代，主要放在从汉到唐这一时段，因为宋代以后则更多的材料出自海上的沉船，应当做专题的讨论。我们这里所讲的考古资料，包括出土的文物材料和文献材料，因为出土的汉语文献的研究，不论竹木简牍还是纸本文书，都有相当丰厚的研究积累和可喜的成果，来支持我们对中国文化传播史的探讨。

基于这样的考虑，我们在2019年11月邀请相关领域的中外专家学者聚会在北京大学国际汉学家研修基地所在的大雅堂，就"丝绸之路上的中华文明"这一广泛范围内的论题进行专题发表与研讨。我们事先没有给与会专家规定什么题目，而是让他们就自己的研究领域，选取最新的研究成果，畅所欲言。这里既有关于新疆、中亚出土中国漆器、铜镜等文物的讨论，也有中国汉地佛教雕塑、绘画在西域传播的综合研究；既涉及简牍、文书所记有关汉唐制度、书籍、汉语词汇的西传问题，也关涉到文书、写经所见纸张制作、奴隶贩卖等问题；还有从学术史对丝绸之路上石刻、钱币研究的综述，以及中亚探险和考古新发现的概说。会后经过与会者的修订，形成本书的基本内容。本文集虽然篇幅不长，但材料丰富，有些还是第一次发表，为我们深入认识中国文化的向外传播，提供了丰富多彩的材料与认知。

本书的编辑受到北大国际汉学家研修基地与商务印书馆的大力支持，虽然受到新冠肺炎疫情的影响，本书的编印时间有所拖延，但我真诚感谢各位作者的理解和信任，把他们的未刊成果交给我们首次出版。我们还应当特别感谢商务印书馆顾青、郑勇两位领导，文津分社王希主任，责任编辑程景楠女士，由于他们的努力帮助，本书得以顺利出版，并且开启了北大汉学家研修基地与商务印书馆合作的新天地。

（2022年2月19日完稿于大雅堂，载《国际汉学研究通讯》第25期，2022年12月北京大学出版社出版。本书2022年3月由北京商务印书馆出版。）

贾应逸《新疆佛教遗存的考察与研究》序

去年九月，接贾应逸老师一信，说她新编了一本文集，名曰"新疆佛教遗存的考察与研究"，命我作序。论辈分，我哪里敢给这样资深的前辈学者写序；按礼数，贾老师命令我做的事，我不能拒绝。于是这两三个月以来，陆续拜读书中各篇大文，有些过去读过，但放到一起来看，则有更多体会。

贾老师常年供职于新疆维吾尔自治区博物馆，对于西域地区的考古文物有多方面的贡献，尤其在佛教美术史领域，耕耘最勤，成果最多，除了大大小小的论文外，还曾出版专著《印度到中国新疆的佛教艺术》（甘肃教育出版社，2002年）和《新疆佛教壁画的历史学研究》（中国人民大学出版社，2010年）。收入本书的文章，则是她近二十年来的最新研究成果，较多篇幅是有关最近二三十年来新疆地区发现的佛教遗存，包括佛寺、石窟、雕像、壁画等等，如丝路南道的民丰尼雅遗址的佛教遗存、于田县喀拉墩遗址、策勒县达玛沟佛寺遗址、托普鲁克墩佛寺遗址、于田县胡杨墩佛寺遗址，北道的图木舒克脱古孜萨来佛寺遗址、龟兹石窟、高昌石窟以及交河佛寺等等。作者得地利之便，又不畏艰难，勤于野外考察，所以对现存佛寺遗迹和出土文物，都有非常仔细的观察，有些随着文物搬迁和自然因素

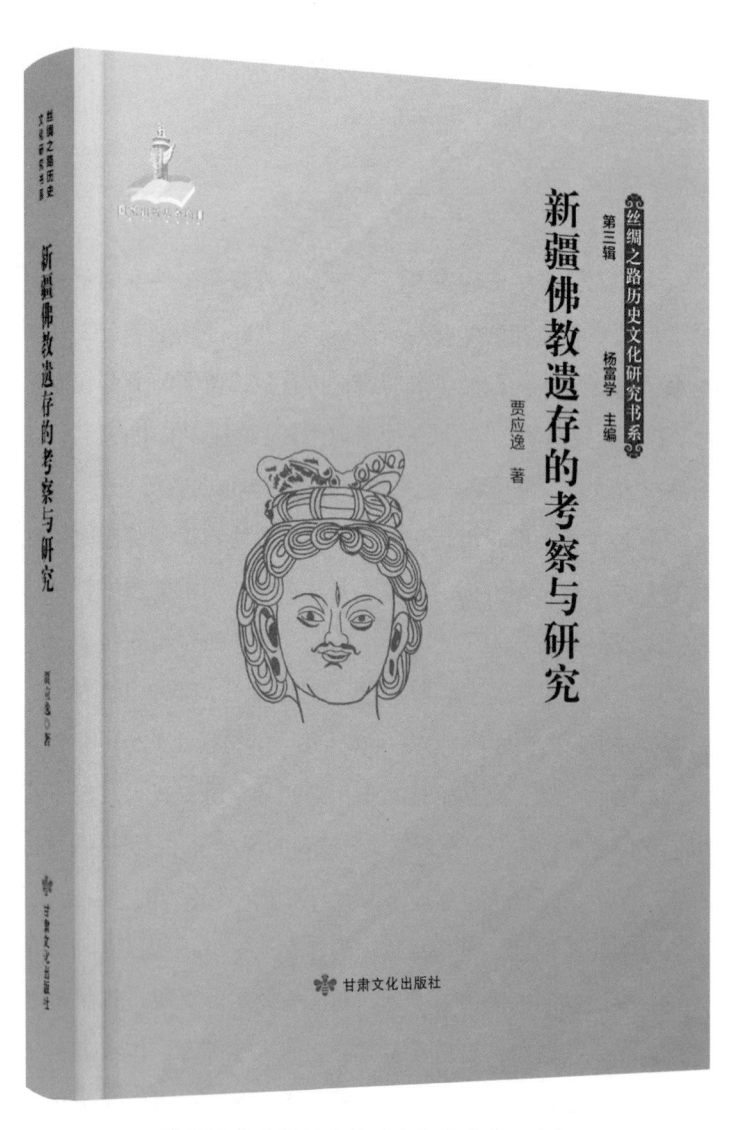

贾应逸著《新疆佛教遗存的考察与研究》

而逐渐丢失的信息，我们常常可以从她的文章中获取，也可以让我们看到本土学者的独到贡献。

考古新发现不一定都能给人带来新的收获，研究者必须带着问题意识去考察，才能发现问题，解决问题，襄进学术。贾老师正是这样一位不断追问的探索者。她在这本书的某些论文中提到，我们对古代西域佛教寺院的布局、形制、建筑方式、出土遗物及其文化内涵，研究得还很不够；我们对西域佛寺与印度、中亚等地的城市或山地寺院的异同、相互影响以及本地的特点等，还了解得非常之少；我们对于西域佛教壁画内容与佛教思想之间的联系，还有许多课题要做。问题的提出，就找到了解决的方向，本书中的一些篇章，正是在这些方面的探索与收获。

作者视野宏阔，关注整个西域佛教，并且放在丝绸之路和佛教东渐的大背景下来考察。贾老师特别清醒地指出，此前对于新疆境内各地佛教遗存的研究不够平衡，龟兹、高昌的研究多一些，于阗、疏勒的研究要少得多。为此，我们可以看出作者这二十多年来特别对于阗佛教给与关注，撰写了一系列文章的原因所在。但于阗佛寺遗迹多被流沙掩埋，不像北道的龟兹、高昌有石窟遗址可以探寻，因此，需要关注早年西方探险队的收集品。作者抱有拳拳爱国之心，有不少篇幅涉及这些流失海外的"劫掠品"，而对于这段"伤心史"的最好弥补，就是把这些海外藏品在西域佛教寺院和石窟中找回它们原本的位置，阐释它们的价值所在。我想这些也正是作者在本书中孜孜以求的一个方面。

贾应逸老师和她那辈同龄人一样，从20世纪50年代以来，足迹遍及天山南北，身影常见于大漠东西。凡是去过新疆考察的人，都知道路途有如一线天，平静中有风险；坐落着石窟的山不算高，但土质松软，攀爬不易；沙漠中有佛教遗迹，但风沙一起，天昏地暗。贾老师属于那一批不畏艰险，勇往直前的学者。我听说1985年从乌鲁木齐到克孜尔考察途中，车子失控而翻，同行的谭树桐教授不幸遇难，贾老师逃过一劫。记得2004年我带学生到新疆考察，正好在吐鲁番遇到贾老师，便请她带我们一道参观吐峪沟石窟，她一口答应。那是7月末"火州"吐鲁番最热的季节，我们上午先到吐鲁番盆地最东边的赤亭守捉，中午在鄯善县用餐，费时颇多，在气温最高的下午两三点钟，进入闷热的吐峪沟。贾老师提醒同学们要带两瓶水，当我们走到洞窟崖下时，大多数同学汗流浃背，面红耳赤，两瓶水已经喝光，而贾老师带我们爬到最高处的洞窟，一路讲解，却没喝一口水。如果我没记错，那时的贾老师已经年届七旬，我们大家都被这位如此顽强的新疆文物工作者的毅力所感染。此行中，我们跟贾老师学会了"贾式下山法"，在后来的新疆考察中，我累累采用，受益不浅。

好久没见到贾老师了，读她这本《新疆佛教遗存的考察与研究》，就好像跟着她，走向蚊蝇飞舞的克孜尔后山区；跟着她，在喀拉喀什河畔仰望库马尔山崖间的牛头山圣迹；跟着她，攀爬于四五十摄氏度高温的吐峪沟崖壁；跟着她……

谢谢贾老师，让我重读大作，再度学习。让我写序，得以有机会向您致敬。

（2020年1月22日完稿于北大。载《吐鲁番学研究》2020年第1期。本书2022年12月由甘肃文化出版社出版。）

罗帅《丝绸之路南道的历史变迁——塔里木盆地南缘绿洲史地考索》序

传统的丝绸之路干道，一般是指从长安出发，经河西走廊、塔里木盆地，越帕米尔高原，经中亚、波斯，到达地中海世界的古代交通道路。丝绸之路南道，一般指的是这一干道中经过塔里木盆地南沿，从罗布泊地区的鄯善，经且末、尼雅、于阗、莎车，到疏勒的一段。汉代张骞"凿空"西域，打通中西交往之路，他第一次出使的回程，就是走的丝路南道。汉唐之间，虽然经行塔里木盆地北沿的丝绸之路北道，有高昌、焉耆、龟兹等大国可以获得供给，但这一线易受天山北麓游牧民族的侵袭，因此南道虽然路况不如北道，自然条件艰苦难行，但不论求法僧人，还是往来商旅，更多采用南道而行。这里不仅可以避开北方游骑的劫掠，商队行进较少风险；而且对于求法僧人来说，更有从莎车南下"悬渡"，短距离进入佛国世界的捷径。所以，我们看到早期来华的粟特商人，多采用丝路南道；而不论是向西的朱士行、法献、惠生、宋云，还是东归的玄奘，都选择了南道。五代宋初，敦煌的归义军政权与于阗王国一直维持婚姻关系，双方往来密切，也为使者、僧人、商旅提供经行南道的后援。直到蒙元时期，北道受元朝与察合台汗国征战的影响，而南道相对安稳，所以马可·波罗一行就取南道前往上都。可以说，从汉代到元朝，丝绸之路南道为东西方的交往提供了便利通道，南道诸国和地方政权也为东往西来的人众提供了支援，促进了物质文化和精神文化的交往。

然而，传统的研究往往集中在一个点或一个时段，如于阗、鄯善就有丰富的研究成果，汉与唐时的西域，更是备受关注，很少有人做总体的观察。罗帅的这本《丝绸之路南道的历史变迁》，正是以汉到元的长时段作为观察的时限，而且是对丝路南道各地发展的总体观察。这种区域研究的长时段视角，可以看到个别地域研究的短板，也可以从对比中发现各地在历史长河中的盛衰变化。

罗帅早年求学于中山大学，主攻考古学。保送北京大学考古文博学院硕士生后，跟从林梅村教授做中亚考古研究，兼留意简牍文献材料。后又进入历史学系博士生阶段，跟从我做中外关系史研究，以汉、罗马、贵霜三者的关系为研究主题，旁及塔里木盆地出土钱币及河西出土汉简。随后又在北大国际汉学家研修基地做博士后，跟从我进行《马可·波罗寰宇记》的研究，专注唐至元西域南道史料，以深入了解马可·波罗所经行的丝路南道情形。本书就是在此工作的基础上，加工、整理而成。罗帅学科背景丰富，眼界开阔，基础扎实，平日学习用功，努力钻研，知识积累相当深厚，又熟悉网络资源，对海内外考古、文献资料能够及时把握，这本《丝绸之路南道的历史变迁》正是他治学成绩的完美展现。

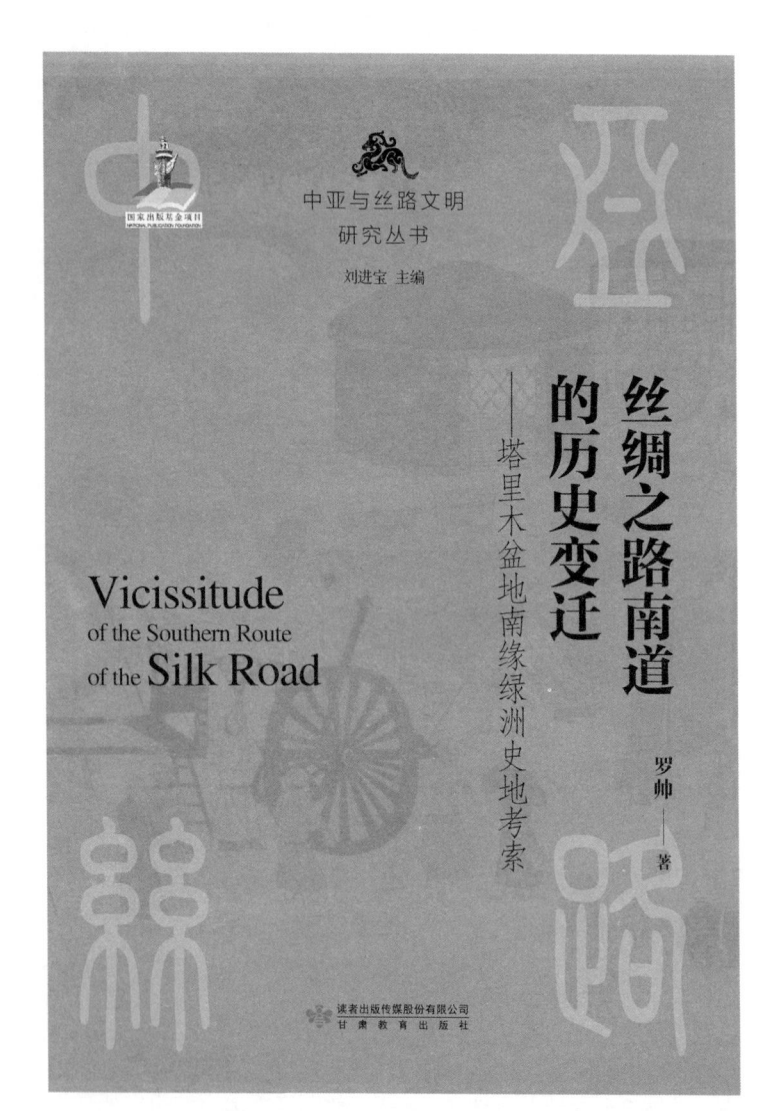

罗帅著《丝绸之路南道的历史变迁——塔里木盆地南缘绿洲史地考索》

因为我与罗帅有多年师生之谊,因略述作者的治学脉络和此书的立意与创新之处,是为序。

(2022年9月25日完稿于三升斋。载刘进宝主编《丝路文明》第7辑,2022年11月上海古籍出版社出版。本书2023年3月由甘肃教育出版社出版。)

砺波护《从敦煌到奈良·京都》中译本序

本书是京都大学名誉教授砺波护先生2016年出版的一部历史随笔集,此前在2001年作者曾出版了第一本随笔集《京洛的学风》,两书风格相似,有些内容也相互接续,可以对读。本书收录的随笔文体不一,有旅行记、讲演录、百科全书词条、书评、回忆录等,内容涵盖从敦煌到奈良、京都的丝绸之路,以京都大学为中心的学术掌故,特别是对内藤湖南、桑原骘藏、宫崎市定等京都大学先辈学风和业绩背后故事的讲述。这正是我们在一般正式的学术论文中所看不到的内容,读起来既轻松,又有趣味。

砺波先生出身于大阪府净土真宗大谷派的寺院家庭,受到良好的家风熏陶。以后在京都大学读本科到博士课程,受教于宫崎市定、塚本善隆先生,专攻隋唐时代政治、社会、佛教史,也参加藤枝晃先生敦煌文献读书班,毕业后进入京都大学人文科学研究所作为助教授,协助平冈武夫先生编纂"唐代史料稿"等。再后来又转任京都大学文学部教授,曾担任部长之职。2001年退休后转任大谷大学文学部教授兼大谷大学博物馆馆长。可以说,砺波先生很早就成为"京都人"了,其治学,秉承京都学派的严谨,又有广阔的视野;其行事,则有京都人的儒雅"古风"和文化"傲气"。

砺波护《从敦煌到奈良·京都》中译本序

[日] 砺波护著、黄铮译《从敦煌到奈良·京都》

我自 1990 年以来，经常访问日本，与砺波先生多有交往。他的著作，不论精装本的《唐代政治社会史研究》《隋唐佛教文物史论考》《隋唐都城财政史论考》，还是文库本的《唐之行政机构与官僚》《隋唐佛教与国家》《唐宋变革与官僚制》等，以及上述随笔集，都题字赠我。他关于中古都城、唐代社会中的金银、少林寺碑、公验与过所等文章，都对我有关长安、敦煌和丝绸之路的研究给予影响。

每次拜访他，我都从聊天中获得收获。他知道我来自北京大学历史系，曾出示给我"文化大革命"刚刚结束后唐长孺先生论集中未载的周一良的文字；他知道我对西方汉学有兴趣，特别给我展示他从 Otto Harrassowitz（奥托·哈拉索维茨）购买到的德国汉学家福克司（Walter Fuchs）的藏书；他还应我的请求，帮忙联络京都藤井有邻馆，让我和陈国灿先生、池田温先生一起，看到这个私家博物馆珍藏的敦煌吐鲁番文书；他还带我在大谷大学图书馆中，观览了珍贵的宋拓欧阳询《化度寺塔铭》、神田喜一郎收藏的善本古籍和王国维遗稿等。

最让我感动的是，2000 年 5 月日本东方学会召开第 42 届东方学者会议，为纪念敦煌藏经洞发现一百周年，特别请我作为特邀嘉宾，专程到东京在"敦煌吐鲁番研究"分会场做主题发言。这对于有着"敦煌在中国，敦煌学在日本"说法的中日学界来说，是十分难得的转变。我在发言后的中午会餐时，才明白这件事实际上是砺波护和池田温两位先生促成的，他们都是推进中日学术友好交流的重要人物。会后砺波先生邀请我到京都访问，还特意安排请我在庭院式餐馆"芜庵"晚宴，据说这是大谷光瑞从中国请来的厨师家开的餐馆，环境极为优雅，广东菜加上日本菜，十分丰盛，一天只有一席，当时作陪的有京大文学部助教授中砂明德、古松崇志和中国留学生胡宝华、张学锋、萧锦华。阅读这本随笔集，不时想起与砺波先生见面的往事，而他特意在书中刊出我们一起参访藤井有邻馆的留影和拙著《敦煌学十八讲》的书影，更是他对我的鼓励和期待。

本书中译本的出版，将使中国学者更清晰地理解砺波先生本人学问的缘起，知道京都东洋史、佛教学的学术源流与脉络，京都大学和大谷大学许多珍本、文物、经藏的来历，特别是他强调的各位前辈学者与同行不同的学术风格与志向。相信读者看完此书的收获，不亚于阅读一本内藤湖南等人的专业著作。

黄铮先生毕业于日本立命馆大学东洋史专业，现任教于四川大学哲学系美学教研室，他用流利的文笔，将此书译成中文。因为知道我与砺波先生素有交往，希望我撰写一序。念本书中译本之价值，因略述砺波先生学术贡献及对我之学恩，是为序。

（2023年2月11日完稿于北大朗润园，载《国际汉学研究通讯》第26期，2023年7月由北京大学出版社出版。本书2023年4月由四川人民出版社出版。）

王乐主编《丝绸之路艺术史·长三角青年论坛论文集》（第一辑）序

记得中国丝绸博物馆馆长、东华大学兼职教授赵丰某次和我说起，长三角地区的高校和科研单位比较集中，可以把这里的年轻人组织起来，围绕丝绸之路研究做一些事情。经过一番筹备之后，2021年6月12日，由东华大学服装与艺术设计学院主办，中国敦煌吐鲁番学会染织服饰专业委员会协办的"丝绸之路艺术史·长三角青年论坛"在东华大学隆重召开。我这里特意说是"隆重"召开，有两个意思：一是这次会议有来自长三角地区10个联盟单位，还有全国24所高校、科研机构、博物馆的年轻学者和特邀专家参加了会议，大会收到各位学者提交的论文90篇；二是东华大学服装与艺术设计学院为会议提供了各方保障，确保了在两天的会议中圆满完成45篇论文的宣读、专家点评、集体讨论，让这次会议圆满成功。

这次会议为年轻人提供了发表的园地和讨论空间，与会者提交的论文涉及丝绸之路上的服饰艺术、装饰艺术、佛教艺术以及近代东西方艺术交流等方面，内容琳琅满目，既有深度的个案研究，又有广阔的宏观视角。有一些题目属于中国学者较少接触的内容，表现出年轻人勇于开拓的能力；更多的题目是借助新的技术手段和丰富的网络资源，在传统的艺术史领域进一步钻研，给与新的解说，得出新的结论。会议特邀清华大学尚刚教授、北京大学齐东方教授、中国文化遗产研究院葛承雍研究员、四川大学霍巍教授、浙江大学韩琦教授、东华大学包铭新教授，以及赵丰教授和我，作为特邀导师，分组对发表的论文一一做了评议，既保证了会议的学术水准，又活跃了会议的气氛。我一直从事丝绸之路研究，也关注艺术史和考古学成果，参加这次会议，倍感年轻人的锐气和蓬勃向上的精气。

这次会议的论文让我感受到，新的学术增长点在于跨学科研究。不论敦煌吐鲁番研究，还是丝绸之路研究，都为这种跨学科研究提供了很好的实验场域。因为以敦煌吐鲁番为代表的丝绸之路沿线城镇，都出土了大量的文物和各种语言的文献，为跨学科研究提供了丰富的素材。但作为年轻学者，不可能一下子掌握所有材料，这需要一个循序渐进的过程。围绕着像"丝绸之路艺术史"这样的主题，把年轻人聚集在一起，发表自己的得意之作，大家相互质疑辩难，从不同学科的视角看同一件物品、同一篇文献、同一类问题，产生多学科共同研究的效应，这无疑是一个极佳的跨学科研究范式。

作为中国敦煌吐鲁番学会下属的染织服饰专业委员会，在会长王乐教授的主持下，成为近年来敦煌吐鲁番学会下属各专业委员会中最活跃的一个分支。委员会以东华大学为基地，联合中国丝绸博物馆，在联络各地学人、推进学术研究、增进学者间友谊方面，做了相当多的工作，取得了不少成绩。这本论文集，精选会议发表的部分论文，即将在第二届"丝绸之路艺术史·长三角青年论坛"举办之前出版，可见王乐和她的团队

王乐主编《丝绸之路艺术史·长三角青年论坛论文集》(第一辑)

工作效率之高。

大概我是本次论坛的见证者之一，王乐主编让我写篇序。危难之际，义不容辞，因略述论坛缘起及意义，是为序。

（2022年4月14日完稿。本书2023年5月由东华大学出版社出版。）

胡晓丹《摩尼教离合诗研究》序

摩尼教研究在当今国际学术界属于难度很大的学术制高点之一，因为摩尼教的文献由多种语言构成，研究摩尼教，除了英、法、德等现代语言外，还有中古波斯、帕提亚、粟特、回鹘、科普特等古代语言。西方学者借助其语言能力，成为处理这些古代语言所写摩尼教文献的主导者；而我国学者因为先天不足，重点在利用丰富的汉文材料，包括敦煌吐鲁番文书中的汉文摩尼教文献，研究摩尼教流行于中国的情形。故此我国学者能立于国际摩尼教学林者，仅三数人而已。

在中国，摩尼教研究属于中外关系史的范畴之内，因为出土地的缘故，也属于敦煌、吐鲁番学研究的范围，更和当今热门的丝绸之路研究息息相关。当胡晓丹要跟从我做中外关系史的研究时，因为她有一定的德语、英语基础，我就建议她做摩尼教的研究，不过要深入一步，一定要学习摩尼教的教会语言中古波斯语和帕提亚语。恰好在她读硕士期间，德国中古伊朗语专家德金教授（Prof. D. Durkin-Meisterernst）时而应中央民族大学之邀，来北京教授中古伊朗语，胡晓丹得以开始她的专业语言学训练。2014 年 6 月，她应邀赴德国柏林—勃兰登堡科学院吐鲁番学研究所（Turfanforschung, Berlin-Brandenburgische Akademie der Wissenschaften）及柏林自由大学访问，跟从德金

胡晓丹著《摩尼教离合诗研究》

教授继续学习；同年7月，参加荷兰莱顿大学人类学系语言学暑期学校，参加粟特语、于阗语课程，对于另外两种中古伊朗语也有了一点基础知识。她硕博连读后，2015—2017年获得国家留学基金委的资助，赴柏林自由大学公派联合培养。留学期间，在德金教授指导下，更把主攻方向定为中古波斯语和帕提亚语摩尼教文献，也兼及粟特语文献。2018年博士毕业后，她入选北京大学—柏林自由大学联合博士后计划，在柏林自由大学伊朗学研究所做了为期一年的访学，继续深入中古伊朗语摩尼教文献的研究。

经过严格的语言学训练，她能够直接阅读摩尼教原典，这在中国学者中不能说绝无仅有，也可以说是凤毛麟角。她敏锐地察觉到西方学者利用德文、英文翻译的汉文摩尼教《下部赞》时，无法理解其汉文诗歌的特点；而中国学者因为不通中古波斯语和帕提亚语，因此也无法弄清摩尼教赞美诗的结构。于是她另辟新径，对吐鲁番发现的超过两百首中古波斯语和帕提亚语字母离合赞美诗的文体特征进行统计分析；从文体特征入手，复原了敦煌汉语摩尼教《下部赞》写卷中《叹诸护法明使文》《叹无上明尊偈文》《叹五明文》等六首字母离合诗的框架结构；并结合吐鲁番中古伊朗语赞美诗文献和《下部赞》，对字母离合诗的仪式背景和历史语境进行了综合分析。她的这一成果，无疑是近年来敦煌、吐鲁番摩尼教文献研究的一大进步，获得国内外摩尼教专家的一致称赞。其成果，就是她的这本《摩尼教离合诗研究》。

目前，胡晓丹在摩尼教的研究领域已经崭露头角，一些研究论文发表在国际东方学一流刊物上,吐鲁番新出的中古伊朗语摩尼教文献也交给她释读发表。我忝为她的博硕士导师,时常听她在我面前"演讲"她对摩尼教诗歌的新发现,看到她学术脚步不断大踏步前进,心里油然感到高兴。今日得见她的新书付梓,因略述中外摩尼教研究之优势弱点,并表彰晓丹所做的贡献,是为序。

(2023年3月30日完稿于三升斋。本书2023年5月由上海古籍出版社出版。)

孟嗣徽《衢地苍穹：中古星宿崇拜与图像》序

今年年初，孟嗣徽老师寄来她的书稿《衢地苍穹：中古星宿崇拜与图像》，命我作序。这是北京入冬以来最冷的一天，在这样冰冷的天地里，在新冠疫情借寒冬又有些反弹之际，我无法用冷冰冰的话回绝这一请求，所以就热情地答应下来，其实我也有些话要说。

孟嗣徽老师长年供职于故宫博物院的展览部（现在叫展宣部），这个部门的日常工作是办展览，所以是一个博物馆中最为忙碌的地方，很多还是体力活。孟老师其实是在利用"业余"的时间，从事真正的学术研究，而这些"业余"时间里出来的成果，却不是业余的，而是非常专业的。

这本书的主题，是"中古星宿崇拜图像研究"，选题极为精深。这类图像有的出自唐朝集贤院待制梁令瓒的精心描绘，有的则是敦煌民间占卜术士的随手摹写，它们涉及星象与星命，是中古民众宗教信仰的反映，需要从思想史的角度给予解释；同时这类图像又是星象与图像，是古代各个阶层的画家所描绘的形象世界，需要从美术史的角度加以解剖。我曾经"业余"研究一点天文历法史，深知对这些文本和图像的认知不是很容易的一件事，所以对孟老师所做的课题一直抱有浓厚的兴趣，也很关注她的工作成果。

美术史的研究有时候需要非常细致地观察作品原件或高清图片，这些图像并不是很容易就有机会看到，因此需要较长时间的准备，不能急于求成。孟嗣徽老师在故宫工作，有时有得天独厚的看画机会，她自己也勤于求索，走访过海内外多家博物馆，曾在美国弗利尔—赛克勒美术馆（史密森尼国家亚洲艺术博物馆）从事研究，并走访北美多家中国美术品收藏单位，也时常到国内各地的佛寺、石窟去观察原作，包括山西、河北的寺庙，新疆、甘肃、宁夏等地的石窟，了解作品周边的生成环境。经过一段时间的观察、品味、琢磨、研究，等火候一到，就抛出一篇。

1995年我开始协助几位老先生编辑《敦煌吐鲁番研究》学术专刊，到处搜寻有水平、有分量、有厚度的稿子，当时看到孟嗣徽的《炽盛光佛变相图图像研究》一文，对其材料的收集和内容的解说都倍感钦佩，于是力争将此文纳入编审范围，经专家评议后，发表在1997年出版的《敦煌吐鲁番研究》第2卷上。由此，我和孟嗣徽老师熟悉起来，时常受她关照，去故宫看展。她也常常来北大参加我们这里主办的学术会议、讲座和读书班。我知道她住在北京东城，距离北大很远，但她有一段时间坚持每周来参加我主持的"马可·波罗读书班"，没有特殊的事情，她从不缺席，到了期末，她还拿来积攒的"故宫"牌好酒，请读书班的小朋友们一起聚餐，共庆一个学期辛勤的劳动成果。

孟嗣徽老师有关中古星象崇拜图像的研究不断有新的发现和突进，我常常能够听她不动声色地给我们讲起：最近终于弄懂了哪个图讲的是什么，有点小收获。我知道她一定会有新的研究成果，所以在组织科研课题或学术工作坊时，常常邀她参

孟嗣徽著《衢地苍穹：中古星宿崇拜与图像》

加，像收入本书的《西来"设睹噜"（Satru）法：占星术中祈福禳灾的秘密空间》一文，就是她参加我和党宝海主持的"马可·波罗研究项目"的成果，收入我们主编的《马可·波罗与10—14世纪的丝绸之路》，2019年6月由北京大学出版社出版。近年来她又是我主持的"敦煌与于阗：佛教艺术与物质文化的交互影响"课题团队的主力队员，不论是去和田、敦煌等地的艰苦考察，还是按期提交学术论文，都不辞劳苦，大力支持。她撰写的《〈护诸童子十六女神〉像叶与于阗敦煌地区的护童子信仰》一文，借助敦煌藏经洞发现的图像及传世文献等材料，正确地判断出丹丹乌里克新发现的一组杂神，应当是属于"护童子十五鬼神"像。我对此组图像一直未得正解，读了她这篇三万余字的文章后，豁然开朗。孟老师的文章，大多如此。

故宫是一个为人仰望的皇家宝地，在这里工作，可以养尊处优，无所事事；也可以向各科专家讨教，使学业精进。孟嗣徽老师充分利用了故宫深厚的学养和丰富的收藏，利用"业余"时间，完成一篇又一篇学术专论。这里汇集了她有关中古星宿崇拜图像的研究成果，并冠以"文明与交融"的总题，纳入故宫博物院的《故宫学术丛书》中，这不仅是对本职单位的贡献，也是相关学术领域的新成果。我有幸先期阅读书稿，受命为序，因略述与本书有关之学理与学谊，聊以为序。

（2021年1月25日完稿于三升斋。以《略谈敦煌学的扩展与进展——四篇敦煌学书序》为名，载《敦煌研究》2023年第4期。本书2023年9月由上海三联书店出版。）

刘诗平、孟宪实《寻梦与归来：敦煌宝藏离合史》序

刘诗平、孟宪实两位的这本书源于 2000 年——敦煌藏经洞发现一百周年的时候出版的《敦煌百年：一个民族的心灵历程》，可以看出当时两位作者的心境，是想通过百年敦煌学的历史，来诉说中华民族的心灵历程。如今，作者对内容进行增补修订，加入大量有关敦煌石窟艺术研究的内容，并补充近二十年来敦煌学各方面的发展情况，包括国际学界的交往和竞争，还以大量图片辅佐文字，使本书更加丰满。书名《寻梦与归来：敦煌宝藏离合史》，似乎也更加符合大众读者的趣味。

然而，在我看来，这是一部真正的敦煌学学术史著作。尽管学术史难做，但这部书可以说是一部难得的学术史。两位作者在前人许多个案研究的基础上，加上自己的研究和整理，对百年来的学术史做了系统的阐述，包括敦煌藏经洞的发现、文献流散，各国探险队的攫取、豪夺，早期敦煌学研究的艰难历程，特别是中国学者远渡重洋，抄录整理敦煌文献的经过，以及最近四十年来敦煌学的迅猛发展和各国学者之间的合作与争先。虽然没有像纯学术著作那样出注，但明眼人一看就知道，他们的叙述无一字无来历，是一本相当全面又可读性很强的敦煌学学术史。

敦煌学的历程必然与百年来中国的命运联系在一起。所谓

129 刘诗平、孟宪实《寻梦与归来：敦煌宝藏离合史》序

刘诗平、孟宪实著《寻梦与归来：敦煌宝藏离合史》

"伤心史"、何处是"敦煌学中心"等话题,是每一部敦煌学学术史都无法回避的。本书两位作者站在中国文化的本位立场之上,同时兼有国际视野与同情之理解,把个别事件放到整个敦煌学的发展过程之中来看待,揭示出当年相互之间,因为国家强弱、党派分野、脾气秉性之不同而产生的种种矛盾和纷争,用"长时段"的历史眼光去看问题,把许多事情的前因后果给梳理出来。这些方面的论述,给我很深的印象。

两位作者,孟君是与我年龄相仿的学术挚友,诗平是曾经跟随我读硕士的学生,他们对于我有关敦煌学的论述非常熟悉,私下里也有很多讨论或论辩。我很高兴他们两位在本书中采用了我的不少观点,也利用了一些我发现的敦煌学史新材料,特别是在一些大是大非问题上,他们与我的观点保持一致。我既欣慰于他们能采用我的成果,更欢喜他们在我的研究基础上又有许多推进,特别是把许多分别论证的问题联系起来,因此常常更加深入。

这本书的最终成稿和后来的增补,诗平用力较多。诗平本科、硕士先后就读于武汉大学历史系和北京大学历史系,因此对武大的吐鲁番文书研究和北大的敦煌学研究情形都比较清楚了解。毕业后他进入新闻行业,有机会多次走访包括敦煌在内的地方,增长见识,同时由于撰写新闻稿件,有很好的写作训练。读者不难看出,这本书的文风有一些新闻写作的味道,把敦煌学史上的事情一件一件地"报道"出来,用引人入胜的话语带着读者深入阅读。这本书中,不论是"民族的心灵历程",还是"宝藏的聚散离合",都更像是敦煌学圈外的媒体人更为关心的话题,也是沟通敦煌学专业学者与大众读者之间的桥梁。

　　作者让我给本书写一篇序，使我能够先睹为快。掩卷之际，把阅读的感想写出，聊以为序。

　　（2022年10月17日完稿于三升斋。以《略谈敦煌学的扩展与进展——四篇敦煌学书序》为名，载《敦煌研究》2023年第4期。本书2023年6月由广西师范大学出版社出版。）

刘波《敦煌西域文献题跋辑录》序

敦煌藏经洞发现的写本，在斯坦因1907年到来之前已有不少流散出去，在1909年伯希和北京之行后，大宗写本虽然辇归北京入藏京师图书馆，但押解者不尽职，中途累遭盗窃，入京后复经官员劫后复劫，于是散在私人手中的写卷不在少数，甚至再度割裂，一卷分身多处。以吐鲁番为主的西域出土文献，清末民初以来，或则为外国探险队所攫取，或则由当地官僚中饱私囊，而后辗转馈赠或出售，散在四方。

唐宋以降，中国书画收藏渐成风习，文人墨客，以卷为轴，名篇佳作之前后，往往题签写跋。早期流散的敦煌写卷，多为精品，往往自成一轴；吐鲁番出土文献，率多碎片，收藏者汇集若干，装裱成卷册，亦蔚为大观。获得者往往以跋文讲述其获取之因缘，递藏者也多记录写卷之转移经过，好古之士在观赏之余偶有考证文字，友朋拜观也往往俱列其名。一卷上的这类题跋，少则一条，多则几篇，甚至有过十则者，其中承载了散藏敦煌西域写卷的大量信息。这些信息极富学术价值，对于我们追索敦煌西域文书的早期形态，梳理流散文书的来龙去脉，特别是一些敦煌吐鲁番文献的收藏大家，如许承尧、陈閬、王树枏（晋卿）、梁玉书（素文）等旧藏的去向，是不可或缺的资料。

正因为这类题跋的价值,敦煌学界早已有所关注。笔者自20世纪80年代以来,走访欧美、日本及国内公私藏家,有机会见到此类题跋,即予抄录考释。部分涉及日本、欧美所藏的成果,曾写入《海外敦煌吐鲁番文献知见录》(江西人民出版社,1996年),特别于王树枏、梁玉书、段永恩藏卷多所留心。国内私人旧藏,则以"某某旧藏"的词条形式,写入季羡林主编《敦煌学大辞典》的公私收藏部分(上海辞书出版社,1998年),部分私藏进入公藏之脉络,皆拜散藏写卷题跋才得以构筑。拙著《敦煌学十八讲》(北京大学出版社,2001年)亦特设一节,提示斯坦因到来之前"敦煌藏经洞文物的早期流散"。然而限于当时条件,所见题跋有限,论说也难免挂一漏万。

此后,方广锠曾撰《初创期的敦煌学——以收藏题跋为中心》,先以日译发表于高田时雄编《草创期の敦煌学》(东京知泉书馆,2002年),后收入《敦煌遗书散论》(上海古籍出版社,2010年);余欣调查整理过许承尧旧藏敦煌写卷的题跋(《敦煌学·日本学——石冢晴通教授退职纪念论文集》,上海辞书出版社,2005年);朱玉麒先后撰文四篇,辑录研究王树枏在敦煌西域文献上的题跋(2011—2013年发表),还整理过段永恩在吐鲁番出土文献上的题跋(2014年),今均收入所著《瀚海零缣——西域文献研究一集》(中华书局,2019年);朱凤玉则辑录过散藏敦煌文献所见许承尧、陈闿等人题跋(《敦煌写本研究年报》第10号,2016年;《敦煌研究》2017年第1期;《敦煌学辑刊》2018年第2期)等。

然而,这类带有题跋的写卷,收藏异常分散,国内但凡有

刘波辑录《敦煌西域文献题跋辑录》

敦煌西域写卷之处，往往有之，而且还流落异国他乡，甚至秘藏私家，不为学界所知。加上题跋文字书体不一，录文不易；所钤之印，也难释读。因此，学者们虽然十分努力，但很难毕其功于一役。如今看到刘波编著的《敦煌西域文献题跋辑录》一厚册摆在面前，所辑有一千余条，不禁惊喜莫名。所惊者，他几乎把目前所能见到的所有题跋，包括历年各家拍卖行和散在网络上的资料，全部收入囊中；所喜者，他不仅做了录文，交代了写卷的来龙去脉，还对相关人物、事项做了详细的笺证，并编纂了方便读者的人名索引。这项工作，可谓圆满。

刘波君毕业于北京师范大学，受过严格的学术训练。进入国家图书馆后，多年在古籍馆敦煌文献组工作，熟悉敦煌吐鲁番文献及相关的研究著作。此后又跟从文献学家张廷银教授，以《国家图书馆与敦煌学》一书，获得博士学位。笔者曾作为论文评审人，仔细拜读他的大著，深感后生可畏。近日获读《敦煌西域文献题跋辑录》，益觉得他百尺竿头，更进一步。因笔者较早关注敦煌吐鲁番写本题跋，刘波让我给他的新著作序。当仁不让，并借此机缘，略述敦煌写本题跋之学术价值与刘波之贡献，是以为序。

（2021年1月16日完稿于三升斋。载《敦煌学辑刊》2021年第2期。本书2023年8月由上海古籍出版社出版。）

杨富学《丝绸之路与中外关系史诸相》序

杨富学兄寄来一部书稿，命我作序。他现在已经著作等身，不需我来吹捧。但看到书稿的题目——"丝绸之路与中外关系史诸相"，我又想说几句话，因为这个题目正是我最近思考的一个问题，就是丝绸之路研究与中外关系史研究的关系问题。

1877年德国地理学家李希霍芬给"丝绸之路"最早的定义，是指汉代中国和中亚南部、西部以及印度之间以丝绸贸易为主的交通路线；1910年德国历史学家赫尔曼进一步把"丝绸之路"延伸到地中海西岸和小亚细亚。这就是"丝绸之路"的基本内涵，即中国古代经由中亚通往南亚、西亚以及欧洲、北非的陆上贸易交通的道路。以后，随着考古发现和研究的深入，"丝绸之路"的概念不断扩大，有草原丝绸之路、海上丝绸之路、西南丝绸之路；又有玉石之路、黄金之路、玻璃之路、香料之路、茶叶之路、陶瓷之路，以及佛教之路、神祇之路……虽然有关丝绸之路的书不在少数，但从学科发展来看，却从未产生"丝绸之路学"，有关丝绸之路的著作在研究者心目中，往往被看作是比较通俗的读物。

在正式的学科分类中，与丝绸之路研究最为接近的，是专门史中的"中外关系史"，以前称之为"中西交通史"。在这一领域中，我国早年最有成绩的学者是张星烺、冯承钧、向达，

137　杨富学《丝绸之路与中外关系史诸相》序

杨富学著《丝绸之路与中外关系史诸相》

素称"中西交通史"三大家,他如陈垣、陈寅恪、岑仲勉等,在该领域内亦有所建树,他们的重点都在中西关系史,也就是丝绸之路的核心内涵范围中。此后,又有一批学者从各个不同的角度从事中外关系史研究,特别是与南洋、日本的关系史研究,拓宽了中外关系史的视野,在更为广义的丝绸之路研究上,做出了许多贡献。

近年来,随着国家依据传统"丝绸之路"的含义,提出"一带一路"的倡议后,学术界对丝绸之路的研究热情高涨,有关丝绸之路的图书与日俱增。这个时候,我们是否应当考虑建立"丝绸之路学"了呢。虽然我国学术界一般都把丝绸之路研究纳入中外关系史研究的范围之中,但是丝绸之路的研究其实并不能被中外关系史研究所局限,因为它不仅仅是中国与外国的关系史,不是以某个国家为中心的对外交往史,而是丝绸之路沿线上某个国家、地域、民族与另外一个或多个国家、地域、民族之间的交往史。"丝绸之路"最初是一个交通道路的概念,但不是一般的交通道路,而是两种或两种以上文明交往的道路。一个国家内部的道路,除非这条路与域外相通,则不能叫"丝绸之路",只能说是国内的交通路线。一个文明沿"丝绸之路"扩张得越远,就会不仅与周边的文明发生碰撞,还要与更远、更遥远的其他文明相遇,往往有冲突,也交融,有了双方的互动,就推动了不同文明的进步。随着人类文明的进步,道路也越走越远,越走越密,形成许多路网。所以"丝绸之路"不再只是一条孤立的中西交往的直线,而是错综复杂、互相关联的网络。

不同文明之间的交往有的系统延续下来，一两千年不停，如佛教影响中国一千年；但有的时候因中间有敌对政权的存在而主干道中断，由于有了路网，可以选择其他道路，维持交流的存在。

因此，"丝绸之路学"的研究，并不等于"中外关系史"研究，它应当拥有自己的研究对象、研究史、研究方法、研究理论，相信随着丝绸之路研究的进步，这些基础工作会逐渐完善。

富学兄的这本《丝绸之路与中外关系史诸相》虽然是一部论文集，但也是"丝绸之路"研究的重要积累。其所覆盖的时段，从史前到明清；其所涉及的地域，从河西陇右的秦州、敦煌，到中亚的鄯善、贵霜，再到西亚的波斯、大食；其所讨论的内容，从物质文化交流、民族迁徙与国际关系，到三夷教的流传、丝绸之路上的商业贸易。全书分五编二十七章，琳琅满目，涉及丝绸之路的方方面面。

富学兄，河南邓州人，早年在兰州大学、新疆大学求学，后到印度德里大学深造，又曾在北京大学东方学研究院从事博士后研究，有着良好的学术训练。读者试想：能够在乌鲁木齐坚持乡音不改，其执着精神有多么可嘉；能够在南亚酷热的环境下坚持读书，其刻苦毅力有多么值得钦佩。他曾先后出版《回鹘之佛教》《回鹘文献与回鹘文化》《印度宗教文化与回鹘民间文学》《回鹘摩尼教研究》等多部专著，还有合著、译著等等，最近又有《霞浦摩尼教研究》即将出版，于回鹘历史文化及中外关系史贡献极多。

我曾在微信里戏称："杨富学，学富五车，何止五车，已经 N 车了。"虽然是朋友圈里的诙谐,但说的是实话。今见富学兄又一本大著即将付梓,喜不自禁,因就丝绸之路研究略加铺陈,以见富学兄之贡献,是为序。

(2020 年 7 月 18 日完稿。载《丝绸之路》2020 年第 3 期。本书 2023 年 10 月由甘肃文化出版社出版。)

陈烨轩《东来西往：8—13世纪初期海上丝绸之路贸易史研究》序

唐元之际的海上丝绸之路研究无疑是中外关系史领域的一个重要课题，但因为相对来说文献资料较少，而且涉及海外多种语言文献材料，又十分分散，处理起来有一定的语言障碍，所以这项研究有一定的难度。陈烨轩本科就读于中山大学历史学系，师从越南史专家牛军凯教授，以《唐代安南都护府治下诸族群问题研究——以安南土豪和都护府关系为中心》的论文完成学士学业，被评为优秀毕业生，并获得第十届全国大学生"史学新秀奖"一等奖。后负笈北上，在北京大学历史学系跟从我读隋唐史专业硕士和中外关系史专业博士学位。毕业后继续在北大做博雅博士后研究，成为历史学系"海上丝绸之路研究"项目的中坚力量。他知难而上，选择唐元时期海上丝绸之路贸易史作为主攻目标，取得了可喜的成果。

摆在面前的这本书，就是烨轩前一阶段研究成果的集中展现。他比较全面地吸收了前人有关海上丝绸之路研究的成果，包括南海史地、亚洲海洋史、中世纪阿拉伯与东南亚海洋史的学术积累，收集了大量中文和域外的相关文献，特别是发掘出一些中国学者此前比较少利用的阿拉伯、犹太商人文书、中外碑铭材料，以及各海域沉船的考古资料等等，并做了翻译、整

陈烨轩著《东来西往：8—13世纪初期海上丝绸之路贸易史研究》

理工作，为这项研究打下深厚的基础。

本书的一个突出特点，是从 8—13 世纪长时段的视角来考察海上丝绸之路的贸易史，也就是说，不依赖中国学术界传统的以朝代为中心研究的做法，不是从唐、两宋、元朝的角度来看问题，而是从东西方两个角度来看这几个世纪中海上丝绸之路贸易史的发展、演变，特别是阿拉伯商人、中国商人在不同时段中所起到的作用，从而给出一个当时海上丝绸之路贸易整体发展的较为全面的景象。

本书的另一个贡献，是深入研究了阿拉伯商人和中国商人在各自向东西方从事贸易中，在对方的社会中所能够深入的程度。这包括阿拉伯商人在中国东南沿海地区的聚居与经营，在多大程度上渗透到当地的社会当中，以及他们的影响。同时也利用阿拉伯文材料、中文碑铭记载和沉船考古资料，深入研究了宋朝商人在海上丝绸之路上到底走了多远，中国制造的商船最远航行到了哪里，商船的组织和货物的管理情形，以及沿海社会对于海外贸易的支持与阻碍等等问题，都取得了超出前人成果的新收获，甚至有些部分填补了空白。

烨轩平日勤于治学，敏于思考。我和他经常在勺园食堂一起用餐，听他讲述一段时间的收获和想法。如今喜见他的第一本著作完稿，欣喜莫名，谨撰小序，以纪学缘。

（2023 年 7 月 17 日完稿于大雅堂。本书 2023 年 11 月由社会科学文献出版社出版。）

陈春晓《伊利汗国的中国文明：移民、使者和物质交流》序

蒙元时期是中国古代中外交往最为密切的时代，在蒙古四大汗国建立后，元朝与以伊朗为中心的伊利汗国之间的关系十分密切，人员往来频繁，文化交流丰富多彩。因此，蒙元时代的中国与伊朗交流史是古代中外关系史研究中的重要课题。然而，已有的成果大多立足中国，讨论伊朗文明对中国的影响，而较少论及中国文明在伊朗的传播情况。陈春晓的这部著作转换了研究视角，以中国文明在伊朗的传播为主要研究对象，这从整个中国古代中外关系史的研究领域来说，是一个重要的题目，特别是在丝绸之路研究热潮兴起的今天，这个题目不仅有学术意义，还有现实价值。

这一角度的系统考察在国内尚属首次，难度较高。为什么说难度高呢，因为这项研究需要建立在丰富而多样的史料基础之上，不仅要利用大量的波斯、阿拉伯语文献，同时还要使用汉语、蒙古语、突厥语、叙利亚语、亚美尼亚语等多语种材料，相互参证，去伪存真。由于这个问题的研究需要相当多的投入，特别是需要驾驭波斯语材料的能力，因此中国学者在这方面的研究往往止步不前。陈春晓竭尽所能地运用新旧史料，克服重重困难，使得她的研究细致而深入。

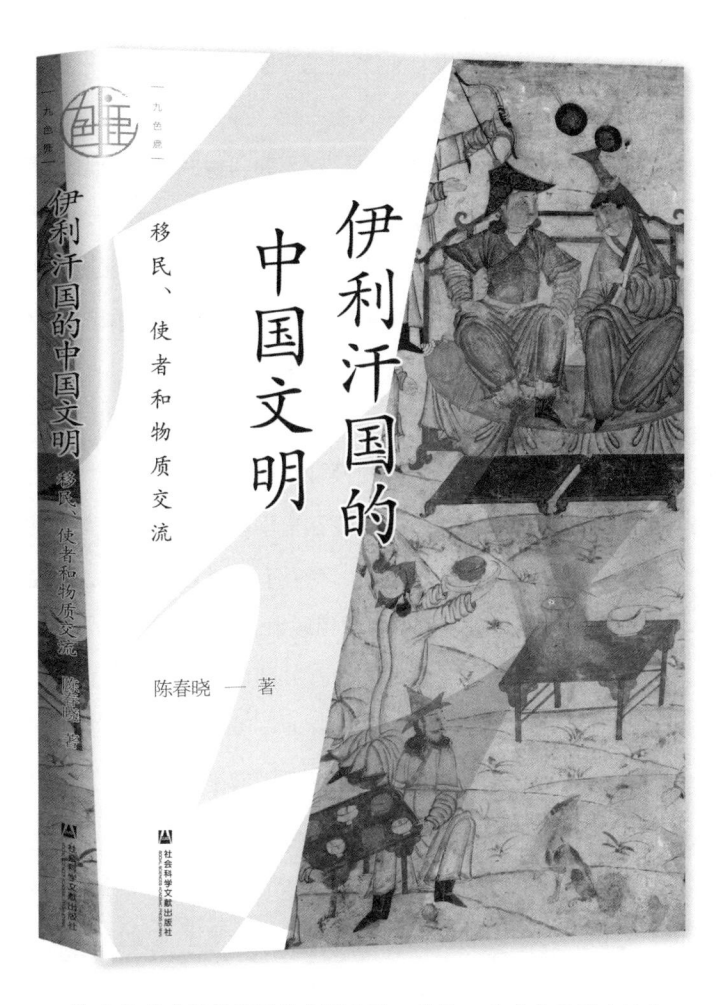

陈春晓著《伊利汗国的中国文明：移民、使者和物质交流》

这部著作在许多方面颇有创获，如作者首次对徙居伊利汗国的中国移民群体做了全面而系统的考察，包括军匠、医师、儒生、道士、佛僧、画师等等各类人物，都做了详细的钩沉和分析研究；并通过新史料的发掘，对元朝与伊利汗国的遣使事件及两国外交关系，特别是对那些前人讨论较少的使团，得出不少有价值的结论。物质文化方面的中伊交流史是本书最为丰富多彩的地方，对于伊利汗国时代进入伊朗地区的中国物质文化产品，如玉石、中国铜铁制品、各种植物，都做了详细的分析，也首次翻译出大量的波斯文材料；而名物的考辨和流传过程的分析，则对古代物质文化传播史及社会生活史的研究，均具有极大的参考价值。在物质文化研究在史学研究中越来越受关注的今天，陈春晓的这项研究成果，更具有多学科的意义，一定会在中外关系史领域以及其他史学领域中，散发出它的价值。

陈春晓在硕士、博士期间受过良好的中国历史学训练，同时也在南京大学跟从刘迎胜教授、在北京大学跟从王一丹教授学习波斯语，打下良好的基础。在随我做博士论文期间，又利用北京大学马可·波罗研究项目的资助，得以到伊朗德黑兰大学进修一个学期，跟从乌苏吉（M. B. Vosoughi）教授等学习波斯语，走访了许多伊利汗国的遗址，同时收集了大量国内难得一见的波斯语材料，为她的博士论文写作打下了良好的基础。本书正是在这样难得的机遇和本人的刻苦等多种因缘的推动下，得以完成。

春晓毕业后，到中国社会科学院民族学与人类学研究所工作，并到新疆挂职两年，深入南疆社会，了解西域风土人情。

她一边拓展自己的研究领域，一边修订博士论文，还坚持不懈地参加我主持的马可·波罗项目，是我们项目的主力之一。由于这样的缘分，我在此略述这部著作的学术旨趣与学术价值，是为序。

（2023年1月1日完稿于三升斋。载《国际汉学研究通讯》第26期，2023年7月由北京大学出版社出版。本书2023年11月由社会科学文献出版社出版。）

张总《〈十王经〉信仰：经本成变、图画雕像与东亚丧仪》序

在佛教思想的影响下，中古时期产生的《十王经》在中国乃至东亚世界有着广泛的影响，不仅衍生出更加繁复的文本，还以雕像、绘画、版画等形式传播，这从汉字文化圈的敦煌、韩国、日本发现的《十王经》文本和图卷可以得到印证，而非汉字文化圈的西州回鹘、西夏王国以及西藏地区发现的回鹘文、西夏文、藏文《十王经》写本和刻本，也更加说明这种中土冥界故事传播之广远。

有关《十王经》的研究有着十分丰厚的学术积累。日本学者从疑伪经的角度很早就关注到《十王经》，并努力发掘和整理日本及敦煌所藏的文本。1989年兰州大学杜斗城教授出版《敦煌本佛说十王经校录研究》，汇集了当时可以找到的所有《十王经》文本，并做了文本分析和研究。在此基础上，结合西方炼狱（Purgatory）观念，太史文（Stephen F. Teiser）教授于1994年出版《〈十王经〉与中国中世纪佛教冥界的形成》（夏威夷大学出版社，有张煜译、张总校的汉译本，上海古籍出版社，2016年），对《十王经》信仰做了详细的阐述，特别是以敦煌写本为依据，对各种《十王经》文本的制作做了详细的解说。另一方面，拥有大量吐鲁番出土回鹘语文献的德国学者，

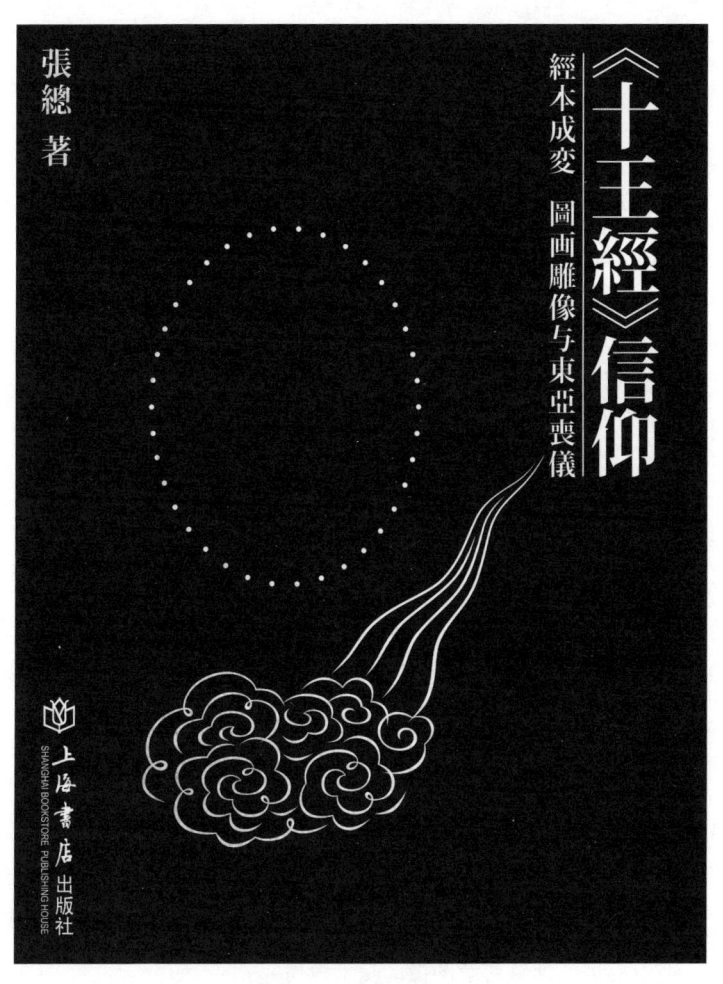

张总著《〈十王经〉信仰：经本成变、图画雕像与东亚丧仪》

早在 1971 年就专论过吐鲁番回鹘文绘本反映的中亚地藏信仰和炼狱思想，此即葛玛丽（Annemarie von Gabain）的英文和德文论文（"The Purgatory of the Buddhist Uighurs. Book illustrations from Turfan", *Mahavanist art after A.D.900. Percival David Foundation of Chinese Art*, London 1971, 25—35; "Kṣitigarbha-kult in Zentralasien, Buchillustrationen aus den Turfan-Funden", H. Härtel, et al. (eds.), *Indologen-Tagung 1971, Verhandlungen der Indologischen Arbeitstogung im Museum für Indische Kunst (Berlin) 7—9 Oktober 1971*, Wiesbaden 1973, 47—71）；此后茨默（Peter Zieme）教授续有贡献，近年来又和拉施曼（S.-C. Raschmann）合作整理了圣彼得堡东方文献研究所所藏古代突厥语《十王经》残片（The Old Turkish Fragments of *The Scripture on the Ten Kings* in the Collection of the Institute of Oriental Manuscripts, RAS，波波娃、刘屹主编《敦煌学——第二个百年的研究视角与问题》，圣彼得堡，2012 年，209—216 页）。《十王经》的图像也很早受到学者的注意，有松本荣一的《敦煌画研究》（东京东方文化学院，1937 年；最近有林保尧、赵声良、李梅汉文译本出版，浙江大学出版社，2019 年）；以后雷德侯（Lothar Ledderose）等续有发明，而王惠民、张小刚、郭俊叶利用敦煌材料，更加详细地推进了地藏菩萨图像的美术史研究。

在纷纭复杂的十王信仰研究史中，本书作者张总先生有着独特的贡献。他从北京大学图书馆善本部的艺风堂藏拓中，找到唐贞观十三年（639）齐士员献陵造像碑上阎罗王图像，并且在献陵东北一公里处找到造像碑原物，撰写了《初唐阎罗王图像及刻经——以〈齐士员献陵造像碑〉拓本为中心》。我忘记在什么场合听他说起这个发现，立即向他约稿，随后发表在我主编的《唐研究》第6卷（2000年）。此文置于卷首，因为这个发现不仅把十王信仰的关键内涵较前人认知的时间大大提前，而且是唐朝长安周边——唐帝国核心区域的材料，意义非同一般。我知道他在研究《十王经》，所以特别把我1997年访问美国弗利尔美术馆时见到的一件原庐山开元寺所藏《阎罗王授记经》藏川本提示给他，没想到他很快获得这件写本的彩色图版，并考订清楚文本的流传过程，阐发其价值。我也把他包含此卷的有关研究论文《〈阎罗王授记经〉缀补研考》，收入《敦煌吐鲁番研究》第5卷（2001年），并刊出两件彩色图版。这个庐山文本证明该经在敦煌之外也有流传，特别是在南方的传承。这两个例子，说明张总先生视野广阔，除了石窟造像和写卷文本之外，留意到石刻拓本、考古遗物、佛塔遗物等等许多方面，大大扩充了《十王经》研究的范围。

2003年，张总先生出版《地藏信仰研究》（北京宗教文化出版社），但有关《十王经》的研究仍在持续进行，不断扩展。最近终于完成大著《〈十王经〉信仰——经本成变、图画雕像与东亚丧仪》，汇总了迄今所见文本和图像材料，并把地域范围延展到整个东亚和中亚地区，利用新见陕西耀州神德寺塔出土品、浙江台州灵石寺本、西夏文本和藏文本，构建了《十王经》的传播谱系，深入阐述了与《十王经》信仰相关的丧葬礼仪、风俗信仰、社会生活、中外文化交流等诸多方面。

张总先生知道我一直关注他的《十王经》研究，也每每在各种见面的场合和我讲述他的最新发现。今年9月在敦煌见面，他说文稿已经杀青，有待付梓，希望我写一篇序。虽然论辈分我没资格给他的书写序，但又欣喜他说了多年的大著终于脱稿，故此勉力为之，谨略述《十王经》研究之大略及张总先生之贡献，是以为序。

（2021年12月18日完稿于三升斋。以《略谈敦煌学的扩展与进展——四篇敦煌学书序》为名，载《敦煌研究》2023年第4期。2023年12月由上海书店出版社出版。）

刘子凡《万里向安西——出土文献与唐代西北经略研究》序

子凡君最近完成了他的第二本专著，跟我说想让我写一篇序。我开始时犹豫了一下，因为一般来讲，我只是给自己指导过的学生撰写的论著写序，子凡不是我指导的硕士、博士或者博士后，所以我略有犹豫。但子凡说他自研究生时代起就开始参加我在北大中国古代史研究中心开设的各种读书班，也参加了我主持的多个项目，收入本书的一些论文都是在我的指导或安排下写成发表的。如《三伏择日中的长安与地方》是参加长安读书班的成果；有关成公崇墓志与文书关系的研究是参加大唐西市墓志整理时完成的；《杏雨书屋藏蒲昌府文书与折冲府的运行》是整理《吐鲁番出土文献散录》时的成果；有关于阗的几篇文章是"西域文书读书班"的结果；还有旅顺博物馆藏卷的几篇是参加旅博藏新疆出土汉文文献项目发表的文章。回想一下，子凡不仅仅是这些读书班和项目的积极参加者，而且越来越成为其中的主力，特别是最后整理两万六千片旅博藏文书，如果没有子凡等年轻学者的全力投入和仔细跟进，这样持续多年的项目几乎无法完成。念及此，我不仅不能拒绝他的请求，而且觉得理所当然地要为他的大著的即将出版而欢呼。

其实，我一看到这部著作的名字"万里向安西——出土文

中国社会科学院创新工程学术出版资助项目

中国社会科学院文库·历史考古研究系列
The Selected Works of CASS · History and Archaeology

万里向安西
——出土文献与唐代西北经略研究

Miles to Anxi:
A Study on Unearthed Documents
and Northwest Strategy in Tang Dynasty

刘子凡/著

社会科学文献出版社

刘子凡著《万里向安西——出土文献与唐代西北经略研究》

献与唐代西北经略研究"，就欢喜赞叹；看了全书的目录，欣赏作者的谋篇布局和整体佳构；读了前面的绪论《故纸与贞石：唐代西北研究的新视野》，敬佩作者的宏观视野和对出土文献与传世史料关系的论说，而行文中唐诗句子的摘引，更表现出作者的文思与才情。书中所收的大多数文章过去曾经拜读，这次又作为整体著作的一部分翻阅一过，并补充了过去没有读过的篇章，倍感各篇章都是在坚实的材料分析基础上，以新发现、新比定或重新解读的出土文献作为突破口，对唐代西北史、特别是西域史上的一些问题做了深入的剖析与解说，胜意迭出，贡献良多。

唐代西北经略史或唐代西域经营史，早期著作如沙畹（Éd. Chavannes）《西突厥史料》（圣彼得堡，1903 年）、曾问吾《中国经营西域史》（上海，1936 年）、伊濑仙太郎《中国西域经营史研究》（东京，1968 年），都是以传世的汉文史料为基础书写的，构建了整体唐代西域史的框架，但视角来自中原王朝。20 世纪后半叶，特别是最近 40 年来发表的大量敦煌、吐鲁番、和田、库车出土文书，为我们从西北地区、西域地区的视角来观察唐代西北史和西域史提供了丰富的资料。以唐长孺先生为代表的一批学者，在利用出土文献研究西域史方面做出了优异的成果。子凡正是在前辈学者开拓的这一领域中不断探索，继续深耕，一步一个脚印，陆续结出丰硕而多彩的果实。他先是出版了《瀚海天山——唐代伊、西、庭三州军政体制研究》（中西书局，2016 年），聚焦于唐朝直辖的伊、西、庭三州；本书则跨越从长安到于阗的广泛领域，重点在西域；而随后他还有关于北庭、西北科学考察团等论著也将陆续推出。子凡的成就是他自己努力的结果，也是拜西北地区出土文献和中原各地出土碑志所赐。

  子凡的绪论特别强调"故纸与贞石"对于唐代西北史研究的重要性，此点深得我心。不用讳言，在当前的史学界有一股逆流，认为出土文书不过是一些废纸残片，不能改变传世文献的主体内容，更有甚者对于重要的出土文献也置若罔闻，乃至对相关研究成果加以批判。事实上，正是出土文献为唐代西域史提供了新的视角，让我们抛弃传统史家狭隘的"四夷观"来正确地认识西域本地的民众和他们的文化；也正是出土文献为我们提供了大量的具体例证，让我们清晰了解唐朝制度、文化在西域地区的实施与传播；也正是各种语言文字的出土文献提供了传世汉文文献所不具备的内容，让我们得知在流沙废墟掩埋的西域各个绿洲王国的土地上，曾经有着如此绚烂多彩的文化，从而得知撒马尔干和长安之间丝绸之路上文化传播的缘由与实态……可以断言，今后的唐代西北史、西域史的书写离不开敦煌、西域各地出土的典籍和文书，而子凡的这部著作也将是构建整个唐代西北史和西域史时必不可少的参考论著之一。

  行文至此，眼前浮现出一张与子凡在吐鲁番柏孜克里克石窟的合影。追寻西域出土文献是我们的共同目标，以此共勉，是为序。

  （2023年1月31日完稿于朗润园。2024年即将由社会科学文献出版社出版。）

下 编

《学理与学谊——荣新江序跋集》跋

不记得是哪一年,在朗润园十公寓邓府,听恭三先生讲陈寅恪掌故,说到寅恪先生给陈援庵写过三篇书序,而论年龄,援庵先生较寅恪先生年长十岁,但援庵的重要著作,都请寅恪写序,寅恪先生来者不拒,每篇都写,可谓当仁不让。这些序中,对我影响最大的,莫过于《陈垣敦煌劫余录序》一篇。这篇序写于1930年,寅恪先生时年四十岁,他高屋建瓴,从一时代之学术谈起,指出新时代的学术需要新材料和新问题,然后说到敦煌学,说到陈援庵及其所编敦煌目录,并提示北图所藏敦煌写本的重要价值,最后期望敦煌学的发展,"内可以不负此历劫仅存之国宝,外有以襄世界之学术于将来"。整篇文章,逻辑一环套一环,文字不多,但内涵丰富,既无虚言,又有思想。我对此文百读不厌,还做过长篇笺注,阐发其文字背后的深层含义。

受寅恪先生的影响,我四十岁出头,也当仁不让,开始给友朋及学生的著作写序,希望借助书序这种形式,按照不同书的内涵,阐述自己对一些学科门类的回顾和总结,并做一点前瞻和期望。每篇序言的文字,我严格限定在两页纸的范围内(虽然未尽如意),希望在很短的篇幅里,就自己稍稍熟悉的敦煌吐鲁番研究、隋唐史、中外关系史、西域史等方面,从本学科

荣新江著《学理与学谊——荣新江序跋集》

的发展历程着眼,从学理上分析该学科的发展方向。这中间,还必须交代作者的贡献,以及源于友情和学谊,由我作序的缘由。完成著作而征序于我的,主要是一些跟随我治学的年轻学者,有些是我的学生。这些序言,也多少展示了一个小小的学术圈子营造出的一些学术氛围。

去年秋,挚友徐俊兄鼓动我编一本"序跋集",正中下怀。于是我又当仁不让,很快就动手编辑起来。集分上下编。上编收我给别人写的序或我所编书前言、后记;下编收自己著述的序跋,以便记录自己治学的历程和不同时期对某项课题研究的思考。上下两编,主要内容是对学术理路的追求以及和作者之间的友谊,故此书名题作"学理与学谊",而以"序跋集"为副题。

感谢各位作者不弃,让我在其大著前乱发议论。感谢徐俊兄提议并亲自责编此书,浪费他许多宝贵时间。感谢中华书局,让我在纯学术著作之外,有一本奉献给大家的轻松读物。

(2018年校庆前二日完稿。本书2018年6月由北京中华书局出版。)

荣新江主编《首都博物馆藏敦煌文献》序

近年来,由于敦煌学界与出版界的共同努力,世界各地的敦煌文献渐次出版,从《英藏敦煌文献》《法藏敦煌西域文献》《俄藏敦煌文献》,到《中国国家图书馆藏敦煌遗书》,几乎所有拥有数百卷敦煌写卷的单位,基本上都有大型图录的出版,为敦煌学提供了大量新材料,也是中国文化积累的丰硕成果。

今天,我们又高兴地看到,收藏丰富的首都博物馆,也以精美的彩色图版形式,刊出所藏全部敦煌文献,其中有梁玉书(素文)、张广建、朱孝臧(祖谋、彊村)、陈洵(季侃)、龚心钊(龚钊,字怀希)、顾二郎(顾鳌,字巨六)、周肇祥、陈垣、黄锡蕃等人的旧藏珍本,也有馆方历年来陆续收藏的长卷写经。

在首都博物馆从国子监搬家到复兴门外大街新址之前,应叶渡先生的邀请,故宫博物院王素先生与我先后几次赴该馆,系统披阅所有敦煌文献,做鉴定与定名工作。我的学生余欣也随同工作,并执笔撰写了《首都博物馆藏敦煌吐鲁番文献经眼录》,分两次刊布于《首都博物馆丛刊》第18、21辑(2004年、2007年),后收入余欣论文集《博望鸣沙》(2012年)。

现在,在北京市文物局的推动下,首都博物馆与北京燕山出版社合作,用八开全彩,影印全部文献。这其中有不少富有学术价值的写卷,如《八菩萨四弘誓咒经》,隋唐经录若《历

荣新江主编《首都博物馆藏敦煌文献》

代三宝记》《众经目录》等均有著录,然世无传本,已刊敦煌文献中亦未之见,首博有卷四写本,是为已佚密教经典,诚可宝也。又如《八大人觉经》,也未见于其他单位收藏的敦煌文献之中,经文虽短,但也值得珍视。非正规佛教文献,则有归义军时期抄本《佛说八相如来成道经讲经文》,文字颇长,为敦煌讲经文变文研究,添加一难得的新材料。即便是首博收藏卷轴主体的普通佛典,作为敦煌藏经洞佛典或供养具的组成部分,也有助于全面观察藏经洞文献之构成(余以为是源自三界寺的经藏),无论何经,只要是藏经洞出土物,就都有学术价值。有些佛典的跋语,透露出几丝重要的史实,如《佛说药师经》跋文提到"壬辰岁(932)七月七日,清信弟子张顺盈因为奉使于阗大国",为公元10世纪敦煌与于阗关系史再添一笔。又如《佛说无常经》有北宋开宝四年(971)二月八日"奉宣往西天取经僧"永进写经题记,他应当是宋朝初年西行求法运动的真实写照,再次说明丝绸之路上的旅行者,前仆后继,没有停下脚步。最后是那些十分难得的名家题跋,保存许多敦煌文献流转的资料,以及早期敦煌写本研究素材。

首都博物馆虽然不能与中国国家图书馆藏卷相比,但其藏品的出版,名副其实地成为敦煌收藏的一方诸侯。我较早接触首博这批收藏,未遑深入探研。今受命作序,于其内涵价值略加阐发,而更有待博雅君子就此新见秘籍发表宏论,谨此为序。

(2018年11月15日完稿于朗润园。原载《中华读书报》2019年10月23日第10版《书评周刊·社科》。本书2019年12月由北京燕山出版社出版。)

《三升斋随笔》序

中国文人学士常用室名别号明志，如容斋、直斋，若观堂、选堂，多为藏书盈室、学富五车之士。小子不敏，上大学一、二年级时，听王利器先生来北京大学讲《汉书·食货志》，其中有"治田勤谨，则亩益三升；不勤，损亦如之"，颇觉用以比拟治学，也十分合适，于是斗胆给自己起个斋号，名曰"三升斋"。其实那时住在北大38楼202室，八人同窗，哪里有斋！我处上铺，只有一张床而已。不过这句话的后半，正是我着意所取，以此来鞭策自己。因为78级中国史这个班，年龄差距在一轮以上，而所积累的知识，也有天壤之别，我只得暗下决心，以勤补拙。既然自命为"三升斋主"，勤勉治学成为此后人生的唯一道路与坚持，虽然有"倒赔"的时候，但也不时收获"三升"。

自20世纪80年代初以来，笔耕不辍，虽然采用广种薄收之法，治学颇杂，但作为"文化大革命"后入学而科班出身的历史学者，谨守"家法"，不敢随兴趣而动。日积月累，也略有几分收成，在西域史、敦煌学、隋唐史、中外关系史等领域，都多多少少发表过一些论文，辑成专著的有《于阗史丛考》（与恩师合著）、《归义军史研究》、《敦煌学十八讲》、《辨伪与存真——敦煌学论集》、《中古中国与外来文明》、《敦煌学新论》、《中国中古史研究十论》、《隋唐长安——性别、

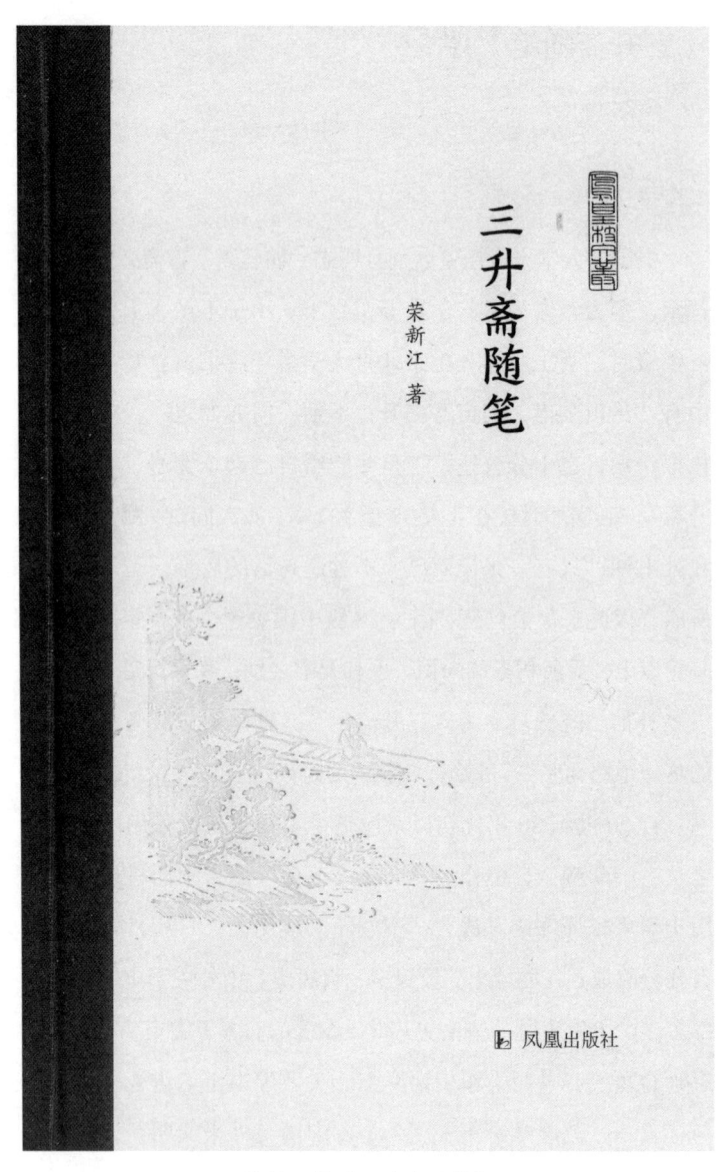

荣新江著《三升斋随笔》

记忆及其他》、《于阗与敦煌》（合著）、《中古中国与粟特文明》、《丝绸之路与东西文化交流》等，如农民劳作，春种秋收，一类文章积累多了，就辑成一书，以广流传。

西方学术的"书评"传统和中国学术的"随笔"传统，对我都有很深的影响。因此，纯学术的论文之外，我喜欢写书评，不论批评的，还是表扬的，我都写。这些书评文字，从前编辑学术论集时，也分类辑入若干，后来论文写得多，书评写得少，所以新编的几种论集，就没有再收书评文字；还有一些历年撰写的书评，因为内容与论集不符，因此也就一直没有收入任何集子中。这次收罗一下，竟然卷帙盈匣。此外，还有一些应约就某个方面的学术发展，有感而发，形成文字，略可说是一些随笔性质的东西。这两类文字集中起来，按内容分为"中外关系史""西域史""敦煌学""吐鲁番学""中古史"几个方面，虽然不敢比《容斋随笔》之"考据精确，议论高简"，但追求"读书作文之法"，却是一直以来的努力方向。故仿平日喜读之洪迈著作，名此小书曰"三升斋随笔"，以期今后还有"续笔""三笔""四笔""五笔"。

最后感谢孟彦弘、朱玉麒二位仁兄鼓动编辑此书并收入他们主编的《凤凰枝文丛》，感谢凤凰出版社社长兼总编倪培翔先生亲自责编此书，他们都对本书的内容和编排提出过宝贵意见，谨此致谢。

（2019年7月5日完稿。本书2020年6月由南京凤凰出版社出版。）

《从学与追念：荣新江师友杂记》跋

今天在未名湖畔漫步，湖边几乎没有行人，远处的体斋和石舫相对无语，北风吹拂，柳枝飘荡，孤零零的花神庙屹立风中，山门好似张开嘴，对风高吟。回想自1978年9月入学北大以来，在未名湖畔读书听课的同时，也不时听老少先生们谈天说地，不论是在一教、文史楼前，还是在图书馆、朗润园，许多故事还听了不止一遍，日积月累，受益良多。

当我走出校门，步入学界，在敦煌学、西域史、中外关系、中古史等领域内，接触到不少前辈学人，除了开会聊天，还有很多更加深入的交往，也让我学到很多东西。

当我走出国门，在西洋、东洋寻书访学之际，也有不少如雷贯耳的大学者，给我以真诚的帮助和教导，让我这个漂泊异域的学子，感受到无比的温暖。

我是幸运的，在北大求学和工作中，得到过邓广铭、季羡林、周一良、王永兴、宿白、田余庆、叶奕良等先生的教诲和帮助；在步入学界后，又受到饶宗颐、杨志玖、王尧、沙知、宁可、冯其庸、陈国灿、李征、耿昇等先生的知遇之恩，还得到英国的贝利爵士、日本的藤枝晃教授、俄罗斯的马尔沙克先生和李福清院士的慷慨帮助和种种提携。对此，我能够报答的，只有用手中的笔，来记录他们伟大的学行和对年轻学子的关怀

荣新江著《从学与追念：荣新江师友杂记》

和友爱。

随着时间的斗转星移,一个又一个前辈学者离我们而去,甚至也有年纪不算大的朋友,他们在学术上是一座座丰碑,需要我们对他们的成就加以总结;他们同时也是有血有肉的学人,有许多故事值得我们记述。

作为一介书生,我只有一支笔,我想用这支笔记录下这些前辈学者一些感人的故事,留下一些学术掌故,这些不入正式学术论文的内容,其实是另类的学术记忆,值得留住。这本书所收的文章,就是我对已故学人的杂记和追忆,包括几篇比较正式的学术史综述。有些写于老先生的生前,更多的写于学者去世之后,有话则长,无事则短,但每篇都有自己亲身经历过的往事,回想起来,或津津有味,或感慨万千。近年来学人"掌故"流行,不少写手喜欢勾连一些文人相轻、学者争斗的传说,我则更希望讲述学者之间的真情,因为学术的互助和共举,才能成就更加伟大的事业;提携年轻学者,才能后继有人。我这里记录的,就是成就了大事业的那些学者的伟大学行。

最后,我要感谢鼓励我编辑本书的中华书局徐俊先生,以及为本书出版付出辛劳的李静主任和林玉萍女士。

(2020年5月24日完稿。本书2020年9月由北京中华书局出版。)

王振芬、孟宪实、荣新江主编《旅顺博物馆藏新疆出土汉文文献》编后记

旅顺博物馆藏新疆出土汉文文献，总数在 26000 片以上。放眼世界，如果以一家馆藏的同类汉文文献来计算，旅博所藏绝对可以说是首屈一指的。这样一个丰富的矿藏，多年来一直完好地保存在旅博，馆方曾经与龙谷大学合作做过部分整理工作，但没有做过彻底的整理。除了旅博的宝藏守护者之外，学术界很少了解其具体的情况。

2014 年 7 月，北京大学中国古代史研究中心荣新江和中华书局总经理徐俊先生两位一道访问旅顺博物馆，参观所谓"大蓝册""小蓝册"中的新疆出土文书，并与馆长王振芬一起讨论这批文书整理的可能性。2015 年，旅顺博物馆决定正式启动整理工作，王馆长亲赴北京，与北京大学中古史研究中心达成合作整理协议，并邀约中国人民大学、首都师范大学、中国社会科学院历史研究所的一些同仁加入整理团队，而出版工作则由中华书局承担。《旅顺博物馆藏新疆出土汉文文献》项目获得 2018 年度国家出版基金的立项资助，这给予此项工作以重要支持。

作为主编，我们一开始并没有想到这项工作的工作量到底有多少，现在统计，先后参加编纂工作的有四十余人。感谢以

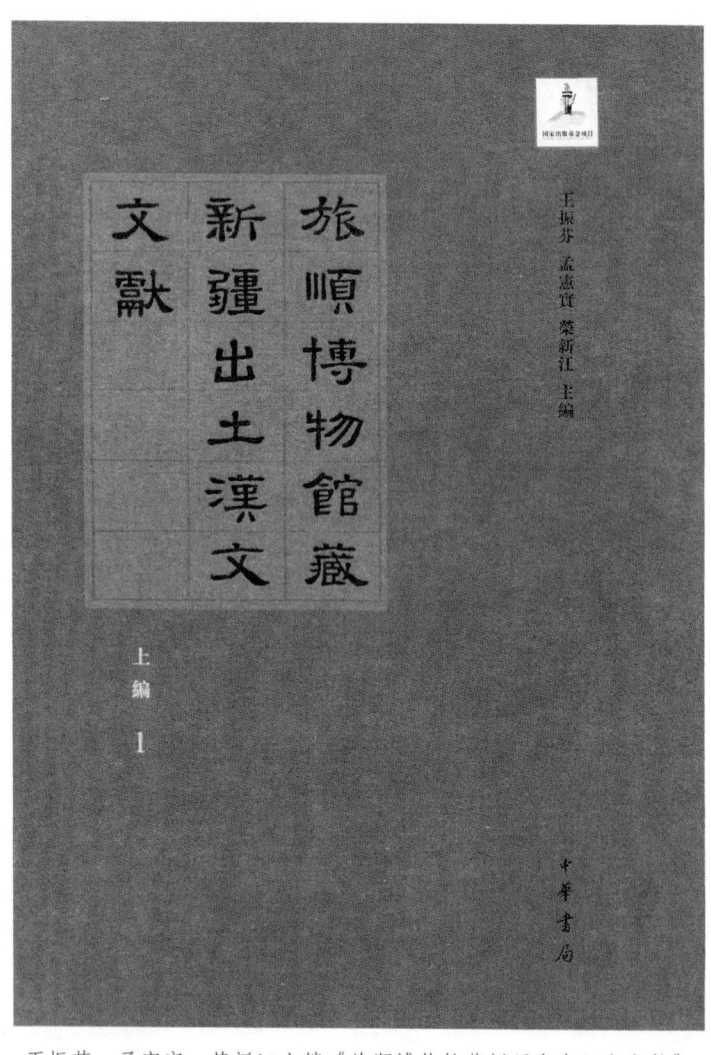

王振芬、孟宪实、荣新江主编《旅顺博物馆藏新疆出土汉文文献》

上几个单位参加本项工作的老师们和博士生、硕士生们，他们几年来日复一日，投入大量精力和时间，坚持不懈，从残片的比定、定名，到解题的撰写、图文的校对，一遍又一遍，即便今年遇到疫情，情况稍微缓解之后，依旧不停顿地工作。

现在，编校工作终于即将完成。通过文献整理的训练和专题会议的讨论，旅博先后参加项目的八位研究人员得到了专业上的进一步培养，开展了新的研究工作；进进出出的研究生也都从中获益，掌握了中古文书研究的专长。旅博文书的整理，无疑也培养了一批历史学研究的年轻学子。先后出版的王振芬、荣新江主编《丝绸之路与新疆出土文献：旅顺博物馆百年纪念国际学术研讨会论文集》（中华书局，2019 年）和孟宪实、王振芬主编《旅顺博物馆藏新疆出土汉文文书研究》（中华书局，2020 年）两本论文集，汇集了项目参加者先后发表的论文。

在这五年时间里，我们的工作在旅顺和北京两地同时展开，北京和旅顺方面通过图片进行图录和解题的编纂，北京的老师和学生利用假期短暂去旅博校核原件，但更多的时候是由旅博的同仁随时去库房中调阅原始文献。

后期的校对工作恰好赶上新冠疫情暴发，我们从今年 4 月初就开始进入一遍遍的校对工作中，那时各个学校还处在封闭状态，不让外面的车辆进入，一般由游自勇从中华书局取回校样后，先送到北大，大多数时候是史睿用平板车从校门拉到朗润园的中古史中心；校对完之后，再拉到校门交给开车来的人民大学的段真子，真子校完转给孟宪实；人大方面校对完成之后，再交给首都师大的游自勇校对，最后由自勇送到中华书局；我们戏称他是"快递小哥"。在校对过程中，史睿、游自勇、孟彦弘、朱玉麒一直是校对工作的核心力量；精力充沛的青年学人刘子凡、段真子各司其职，让项目得以顺利进展；最后承担索引编制工作的赵洋，按时高品质地完成任务。我们大家每个周六，后来甚至是隔上一天，就集中到北大校对，没有特殊原因，没有人缺席。王馆长坐镇旅博，一直关心项目进展，克服疫情，保证原件核对工作的及时完成。

中华书局从一开始就参与到这套总共三十五册的大书的编纂之中，从一直主持工作的执行董事徐俊先生，到前后的历史编辑室前后两任主任李静女士和胡珂女士，都一直关心此书的进展。特别是本书责任编辑李勉女士，一遍遍核对校样，提出修改意见，总体把握全书体例，厥功至伟。

我们对以上参与编纂工作的老师、同学，对负责出版工作的各位先生、女史，在此表示衷心的感谢。我们也要感谢旅顺博物馆、北京大学、中国人民大学的相关领导在提供经费、场地等方面的大力支持。

（2020 年 10 月 20 日完稿。本书 2020 年 10 月由北京中华书局出版。）

赵莉、荣新江主编《龟兹石窟题记》序

在像一条丝带连接着东西方文明的丝绸之路上，有一颗璀璨的明珠，镶嵌在塔里木盆地北沿得天独厚的居中位置上，这就是龟兹。龟兹作为古代西域地区的一个地方王国，最盛时包括今天新疆的轮台、库车、沙雅、拜城、阿克苏、新和六县市，从汉代以来，也是中原王朝统治下西域地区的政治、军事、经济、文化中心。这里留下了郑吉、班超、吕光、万度归、王方翼、高仙芝、封常清等人的足迹，也曾回荡着帛延、帛法巨（炬）、佛图澄、鸠摩罗什、佛陀耶舍、玄奘、慧超、莲花精进等高僧讲经说法的音声，还有苏祇婆及许多没有留下名字的音乐家、舞蹈家制曲歌舞于王宫、佛寺，而龟兹王城更是粟特商人丝路贸易的重要中转站。

斗转星移，许多历史已成陈迹，只有龟兹境内的佛教石窟留存下来。正像我们面对着长城说秦皇、汉武的丰功伟绩，走进故宫畅谈崇祯、乾隆的明清兴替一样，龟兹石窟成为我们追记东西文化交流、龟兹历史文化、佛教美术融会贯通的最佳场域。克孜尔石窟、库木吐喇石窟、克孜尔尕哈石窟、苏巴什石窟、森木塞姆石窟、玛扎伯哈石窟……这些点缀在当年龟兹境内的一连串文化瑰宝，为新时代的学术研究提供了无尽的宝藏。从20世纪初叶西方探险队的疯狂掠夺，到今天新疆龟兹研究院学者的长期保护与勘察，已经产生了相当丰厚的学术研究成果，特别是石窟壁画、雕像的风格学与年代学研究，石窟形制的考古学分型、组合研究，还有石窟寺遗址出土的梵语、龟兹语佛典的整理刊布与佛教学研究，都为我们今天认识龟兹石窟的宏阔世界与精深内涵，积累了丰硕的知识与观点。

然而，龟兹石窟内涵丰富多彩，在海外所藏流失壁画残片和石窟现存壁画图像大多数已经公布的今天，留存在石窟中的大量题记，特别是其中用婆罗谜文拼写的龟兹语、梵语题记，由于字迹暗淡，不易发现；也由于文字、语言艰涩难识；还由于一些题记被探险队从中割裂而分身两地；使得这些题记成为龟兹石窟及其佛教壁画研究中一项缺失的内容，虽然有个别龟兹语专家短暂来到当地，解读了部分题记的内容，但也没有时间仔细推敲，资料往往没有掌握全面。

为此，新疆龟兹研究院在此前多年调查各个石窟中各种语文题记的基础上，从 2009 年开始，与北京大学中国古代史研究中心、中国人民大学国学院合作，借助于法国高等研究院（École Pratique des Hautes Études）专攻吐火罗语研究的庆昭蓉、荻原裕敏两位青年学者的入职北大、人大，在倡导"大国学"的人民大学国学院名誉院长、新疆龟兹研究院名誉院长的冯其庸先生和新疆龟兹研究院资深研究员霍旭初先生的大力支持下，进行龟兹地区现存吐火罗语写本与题记的调查与研究合作项目。我们调动了所有能够加入的力量，在新疆师范大学文学院、新疆文物考古研究所等单位的大力配合下，展开龟兹石窟题记的调查、释读与研究。

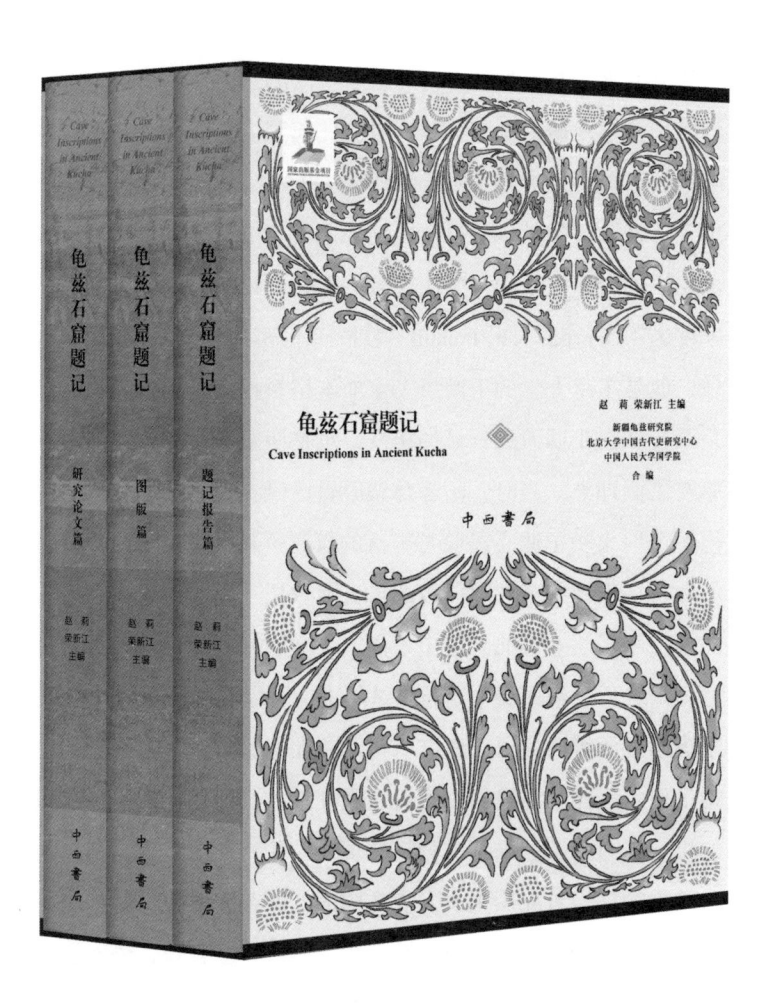

赵莉、荣新江主编《龟兹石窟题记》

凡事皆有机缘。早在2002年9月，霍旭初先生与赵莉、荣新江一起在柏林参加"重访吐鲁番：丝绸之路艺术与文化研究百年纪念学术研讨会"，就有机会一起深入地交谈，并有一些合作的意向。2008年10月，荣新江到巴黎参加"伯希和：从历史到传奇"国际学术研讨会，见到多年前由他鼓励出国学习西域胡语的台湾大学毕业生庆昭蓉。她又介绍了同在吐火罗语专家皮诺（Georges-Jean Pinault）教授门下学习的同班同学荻原裕敏，他是东京大学的于阗语专家熊本裕教授的弟子，熊本先生是荣新江在于阗研究领域的挚友，也是净友，所以荣新江与荻原君见面即熟。当时，昭蓉与荻原君已经在巴黎、柏林、圣彼得堡等地累积了调查经验与丰富的研究资料。翌年5月，我们就和时在新疆师范大学任教的朱玉麒教授一起，带着尚未毕业的两位年轻学人和北大历史系硕士生文欣来到龟兹，考察石窟题记。之后，荻原君、昭蓉陆续毕业，分别受邀至中国人民大学国学院西域历史语言研究所与北京大学历史学系博士后工作站工作，这样就为我们合作研究现存龟兹石窟题记提供了绝佳的机会。因为按照国家文物局的规定，除特殊情况外，现存国内的文物应当首先用中文发表在国内，而荻原君在神户外国语大学读本科的时候，专业就是汉语，所以相互合作，语言也不成问题。庆昭蓉、荻原裕敏作为本项目的主力队员加盟其中，我们的项目也从2010年正式开始。

从2010年到2013年，我们在新疆龟兹研究院前期调查的基础上，在院里科研人员台来提·乌布力、吴丽红、赵丽娅、苗利辉、杨波、努尔买买提·卡德尔、孔令侠诸位同仁的大力协作下，翻山越岭，钻洞爬坡，在大大小小的石窟中，总共获取约七百条婆罗谜文题记，其中主体是龟兹语，也有梵语，还有个别据史德语和回鹘语，同时也调查了粟特语和其他胡语题记，还对新疆龟兹研究院所藏婆罗谜文木简、残纸、墨书陶片以及库车文管所等处收藏的同类资料作了全面调查。此外，我们还首次对枯水季节才可进入的亦狭克沟石窟作了系统全面的勘测和记录。在这期间和随后几年中，我们按石窟分组对题记加以解读，并作相关的研究，特别是涉及壁画的榜题与图像的研究。与此同时，庆昭蓉和荻原裕敏还对与现存当地的婆罗谜文题记相关联的海外资料作了调查，尽可能将同一条题记拼合释读。这些阶段性的成果，陆续发表在《文物》《西域文史》《西域历史语言研究集刊》《西域研究》《敦煌吐鲁番研究》《唐研究》等刊物上，也受到国际学界的关注。2013 年 6 月，荣新江、庆昭蓉、荻原裕敏受邀参加维也纳大学（Universität Wien）玛尔璨（Melanie Malzahn）教授主办的"放置在背景环境脉络之中的吐火罗语文献：吐火罗语写本与丝绸之路文化国际学术研讨会"（Tocharian Texts in Context: International Conference on Tocharian Manuscripts and Silk Road Culture），向国际同行报告了我们的初步调查研究成果。此外，我们的项目成员也在不同场合，以不同方式发表相关的研究收获。

现在，我们的最终成果——三卷本《龟兹石窟题记》即将出版。本书由三部分组成。《题记报告篇》由庆昭蓉、荻原裕敏、赵莉撰写，主要是对带有题记的洞窟、题记位置的描述，以及对题记的转写（transliteration）、转录（transcription）、翻译和注释，给读者提供我们调查与释读龟兹石窟题记的完整记录。《图版篇》由新疆龟兹研究院提供全部石窟现场资料与窟前清理出土文物的图片，辅以国外所藏相关资料，由庆昭蓉做最后整理合成的工作。这些细部的题记图版大多是首次发表，为学界提供了一份完整的资料，也为龟兹石窟题记保存了一份档案。部分黑白图片置于《题记报告篇》，以映带报告本文，请读者合参。《研究论文篇》收录朱玉麒等项目成员撰写的相关研究论文，包括霍旭初先生有关龟兹石窟题记的论文，使得全书更具有完整性。有赖海内外多方支持与协助，本书已经超越了最初设定的龟兹石窟现存婆罗谜文字资料的范围。于是本书刊布了不少以往未曾正式公布过的西方探险队照片图像，一部分根据我们的研究内容进行了编辑、加工，但影像底图的版权仍属于原授权单位。在此特别感谢京都大学吉田豊教授拨冗重新解读粟特文题记，以及龙谷大学橘堂晃一博士、大阪大学松井太教授提示吉美博物馆藏探险队照片。应当指出的是，考虑到新疆龟兹研究院整体的研究规划，本项目从一开始就没有包含龟兹石窟中数量不少的汉文、回鹘文等题记，相信这方面的调查整理研究也会在不久的将来公开发表。

做成一件功德事，必定要广结善缘。我们在此感谢多方支持和帮助，首先要感谢新疆龟兹研究院的各位同事，感谢霍旭初先生的鼓励和亲自参与，特别是老领导张国领先生、现任院长徐永明先生的大力支持；感谢新疆维吾尔自治区文物局前任局长盛春寿和现任局长王卫东先生的支持和关怀；感谢时任新疆文物考古研究所所长的于志勇先生全力支持；感谢拜城县文物局吐逊江·艾克木局长，库车县文物局付明方局长、图尔洪·吐尔地局长、陈博局长、尹秋玲女士有力协助并提供资料；感谢新疆维吾尔自治区博物馆贾应逸先生热情帮助并提供老照片；感谢新疆文物考古研究所张平先生带领我们考察龟兹周边遗址；感谢新疆师范大学文学院院长周珊教授、黄文弼中心主任刘学堂教授的大力援助。此外，要感谢以不同方式给予支持的徐文堪先生、沈卫荣教授、孟宪实教授、阿不都热西提·亚库甫教授等。我们也要向以下协助联系授权事宜或搜集海外资料的人士表示衷心感谢，他们是：法兰西学院（Collège de France）文化事务与公关部长弗洛朗斯·泰拉斯—里乌（Florence Terrasse-Riou）教授、荣誉教授福斯曼（Gérard Fussman）、前伊斯兰时期中亚历史与文化讲座教授葛乐耐（Frantz Grenet），法国巴黎国家图书馆（Bibliothèque nationale de France）蒙曦（Nathalie Monnet）主任，法国吉美国立亚洲艺术博物馆（Musée national des Arts asiatiques-Guimet）瓦莱丽·扎列斯基（Valérie Zalesky）主任，法国国家博物馆联盟（Réunion des Musées Nationaux-Grand Palais）卡罗琳·德·朗贝蒂（Caroline de Lambertye）女士；德国柏林—勃兰登堡科学院吐鲁番研究所（Berlin-Brandenburgische Akademie der Wissenschaften, AV Turfanforschung）德金（Desmond Durkin-Meisterernst）教授，哥廷根科学院（Akademie der Wissenschaften zu Göttingen）拉什曼（Simone-Christiane Raschmann）博士，柏林亚洲艺术博物馆（Museum für Asiatische Kunst）桑德（Lore Sander）博士、毕丽兰（Lilla Russell-Smith）博士、德莱雅（Caren Dreyer）博士，波鸿大学（Ruhr-Universität Bochum）笠井幸代（Kasai Yukiyo）博士；日本早稻田大学山部能宜教授，名古屋大学中川原育子博士，东京国立博物馆浅见龙介先生、胜木言一郎先生；俄罗斯国立艾尔米塔什博物馆（The State Hermitage Museum）萨玛秀克（Kira Samasyk）博士，俄罗斯科学院东方文献研究所（Institute of Oriental Manuscripts, Russian Academy of Sciences）波波娃（Irina Popova）所长；韩国国立中央博物馆（The National Museum of Korea）金惠瑗（Kim Haewon）博士。最后，我们要向中西书局的秦志华、张荣两位领导致谢，向具体负责本书编辑工作的李碧妍博士、伍珺涵女史、邓益明先生和负责排版的王晓东先生、美编梁业礼先生表示诚挚的谢意，没有这些认真负责的出版人，我们的书无法以如此精美的形式呈现给读者。

龟兹石窟题记，是附着于石窟上的文字。在这些题记中，既有贵如龟兹王的精美题名，也有普通僧徒或游人的随意涂鸦；既有简单的佛名罗列，也有富含叙事内容的本生榜题。无论是一行年款，还是几个僧名，在在都是十分难得的文字记录。相信《龟兹石窟题记》的出版，能为学术界从各种角度研究龟兹石窟奉献一份绵薄之力。我们课题组成员的精诚合作，也是我们主其事者非常感激和愉快的事情。

十年磨一剑，必将试锋芒。如今书稿付印在即，谨就此书形成经过和我们的志趣陈述如上。是为序。

（2020年8月10日完稿，与赵莉合撰。本书2020年11月由上海中西书局出版。）

荣新江、史睿主编《吐鲁番出土文献散录》序

与敦煌藏经洞出土文献相比，吐鲁番出土文献号称难治，因为它们来自盆地内许多遗址，有石窟，有地上寺院，也有墓葬，时代跨度长，内容也更加分散，加上各国探险队的分裂转移，使其支离破碎，甚至一些原本是同一写卷，却被分割数段，散在四方。因此，研究吐鲁番文献，首先需要尽可能地调查文献所在，进行残片缀合或文书汇总的工作。

笔者自1984年负笈莱顿，即以访查敦煌、吐鲁番文献残卷为己任。翌年走访英、法、德、丹麦、瑞典等国，收集资料，抄录文本，在伦敦接触斯坦因第三次探险所获吐鲁番文书，于西柏林获得原藏美因茨科学院之德国探险队收集品图片。1990年访学日本，得东友之助，除遍览龙谷大学大宫图书馆藏大谷文书外，又走访东京、京都两国立博物馆，探访藤井有邻馆、宁乐美术馆、天理图书馆，以及藏有吐鲁番文书旧照片的羽田纪念馆，于吐鲁番所出片纸只字，亦不放过。1996年5月至8月，有机会到德国柏林自由大学讲学，尽三月之力，通检德国国家图书馆、印度艺术博物馆、德国柏林与勃兰登堡科学院吐鲁番研究所三地所藏吐鲁番文献，将所有非佛教文书悉数依原大录出，收获极大。同年末及翌年初，以耶鲁大学为基地，走访美国藏品，喜见普林斯顿大学葛斯德东方图书馆藏一组吐鲁

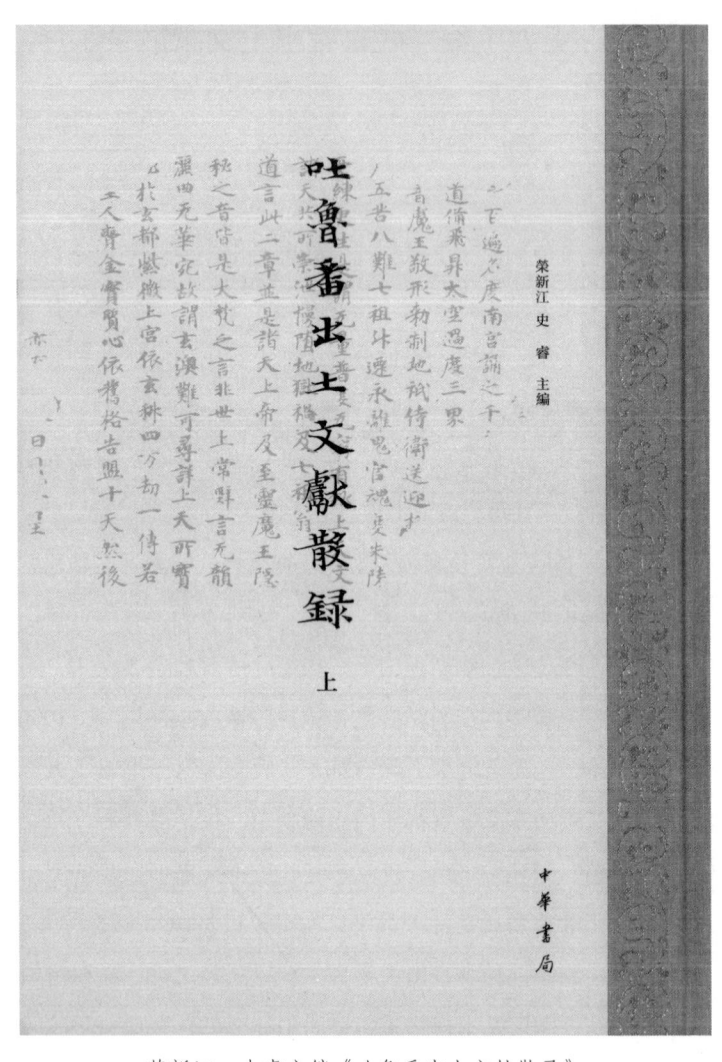

荣新江、史睿主编《吐鲁番出土文献散录》

番文书，尚不为学界所知。与此同时，于国内所藏吐鲁番文献，也随时访查，多所寓目，尤其在旅顺博物馆、新疆维吾尔自治区博物馆、吐鲁番地区博物馆所见最多，其余甘肃省博物馆、中国国家图书馆、中国国家博物馆、北京大学图书馆、上海图书馆等，所藏虽不算多，但也不乏精品。此外，又有机会数次访问列宁格勒和后来的圣彼得堡，于东方文献研究所敦煌、西域文献收藏中，得见吐鲁番文书真迹，后来也在日本东洋文库，浏览所有俄藏吐鲁番写本缩微胶卷。

世界范围收藏的吐鲁番文献，有些已经集中刊布，如新疆博物馆、英国图书馆、龙谷大学、宁乐美术馆等处所藏，都有录文专集。但吐鲁番文献分散凌乱，作为一名历史学研究者，将散藏之非佛教文献汇为一编，是笔者很早就产生的想法。然而此事头绪纷杂，非一人之力所能完成，因此邀约同好，共同推进。尤其海外藏品的调查，由此得以接力进行，如普林斯顿藏卷，先后有陈怀宇、姚崇新的访查；日本藏品，则有余欣、朱玉麒先后拓展；俄国藏卷，曾与孟宪实在涅瓦河畔分工抄录；还有刘屹在柏林、付马在赫尔辛基，均有所推进。

将散藏吐鲁番文献真正开始汇于一编，则发端于2005年。当年笔者获得教育部人文社科基金支持，与李肖、孟宪实合组工作小组，开始进行"新出土及海内外散藏吐鲁番文献的整理与研究"重点研究项目，因为担心合作方吐鲁番地区博物馆所藏新出文书不敷所用，因此把散藏吐鲁番文献也作为重点。结果新获吐鲁番文献的丰富材料，足以支撑起整个项目，到2008年12月结项时，仅仅《新获吐鲁番出土文献》，即为图文对照本两巨册,加上《新获吐鲁番出土文献研究论集》《秩序与生活:中古时期的吐鲁番社会》两本论集,硕果累累。我们同时提交的结项报告书《吐鲁番出土文献散录》的初稿,其中提交的一册,还出现在孔夫子网上书店中,被我们高价购回。但项目一结,人员分散,《散录》的工作,也就耽搁下来。

十年来,虽然不时发奋加力,始终没能告成。一旦推延下来,就不断有新的材料出现,这虽然不是坏事,但对于编辑一部书来说,牵一发而动全身,所以修修补补,旷日持久。最近一年来,不断发力,在史睿、游自勇、朱玉麒诸君协助下,终于接近完稿。

本书所收各个馆藏文献情形,以及分类原则、编排格式等等,前言与凡例都做了清楚的交待,此不赘述。总体来说,把这些零散的汉文典籍,即传统中国的四部典籍,以及道经、摩尼教文献和佛典题记汇聚在一起,更加展现了西域地区的多元文化面貌,特别是古代高昌地区汉文化的普及,有些写卷更表明当地文化水平之高,以及与中原内地的密切交往。公私文书则表现从高昌郡,经高昌国,到唐西州时期当地社会、经济、文化的方方面面,中原王朝各项制度有条不紊地在那里运行,汉文文书为这种行政运作提供了物质保证。这些散藏的吐鲁番文献,与其他各组吐鲁番文书一起,构成我们认识丝绸之路以及丝路城市高昌的整体面貌,文字不论多少,都是不可或缺的典籍数据。

经过三十多年的努力,本书终于即将出版。掩卷之际,感慨系之。这本书的产生,凝聚了编纂小组成员的多少汗水;也得到许多海内外同行友人的鼎力支持,太多的名字需要列出,太多的感激需要言说。为了不要让这篇序言过于冗长,我想对本书所收文献所在单位的各位先生表示诚挚的谢意，感谢你们为我们调查相关材料给予的帮助，也感谢为这项工作提供帮助的其他人员，最后还要感谢中华书局承担繁琐的出版工作，以及责任编辑李勉女史的辛勤劳动。

在这本书的编撰过程中，笔者再次感到众人合作的力量，感受到为学术而凝聚的友情。现在，编纂小组与帮忙朋友中的许多人天各一方，彼此恐怕不再有机会往来，在此谨以此序，记录下这段友情，也表达我深深的感念。

（2019年5月20日完稿于朗润园。载《吐鲁番学研究》2019年第2期。本书2021年4月由北京中华书局出版。）

《三升斋续笔》序

浙江古籍出版社王旭斌社长约我给他们社策划的"问学"丛书提供一部书稿，盛情难却，随口就答应下来。"问学"是个很好的题目，因为我们做"学问"的人，都是从"问学"开始的，每个人都有自己的"问学"历史。

我的"问学"经历既辛苦，又幸运。"文化大革命"结束之后的1977年恢复高考，1978年我正好高中毕业，非常幸运地考入北京大学历史系，跟从各位名师学习中国史、敦煌学、中外关系史等。但因为中小学底子太差，所以读起来颇为辛苦。改革开放以后，1984年我又走出国门，在研究生的最后一年中，幸运地来到荷兰莱顿大学，跟从著名汉学家许理和教授治学，并以荷兰为基地，走访了英、法、德（当时分东西德）、丹麦、瑞典等国的图书馆、博物馆，搜集资料，拜访学人，收获极多。但中学时没有学过外语，是免试才入大学，所以需要艰苦努力，才能与外国学者对话。这些"问学"经历，我曾经在几次讲演中有所述及，包括治学的门径和方法；也曾以"海外书话"的形式，把荷兰的见闻记录下来。这些讲稿和记述，构成本书的第一部分——问学求索之路。

一个人在"问学"过程中，除了有机会亲聆一些大学者的謦欬之外，更多的情况是通过读书来向大学者"问学"。去岁

荣新江著《三升斋续笔》

我曾编辑一册《从学与追念》的小书，把亲身向一些前辈问学经历的记录汇集起来，这中间包括邓广铭、周一良、季羡林、饶宗颐、宿白、王尧、冯其庸等先生。在本书中，则选取若干我阅读一些前辈学者的著作而求学的文字，包括陈寅恪、郑天挺、季羡林、饶宗颐、姜伯勤等先生。虽然文章撰写时各自有各自的主题方向，并不能全面展示这些大学者宽广的学术领域，但辑在一起，正可以构成本书的第二部分——跟着大家来读书。

学人"问学"的一个门径，就是到处去"问学"，到处去找材料。我所研究的主要方向在敦煌、吐鲁番文书和中外关系史、西域史，这些方面传统史籍记载不详，需要我们时常到当地考察，并走访东西洋各国，去搜集散在四方的资料。这方面有文书，亦有碑刻；有文物，也有图像，还有东西方学者所撰写的大量学术论著，都在收罗范围当中。这里收录的几篇文章，正是想表现笔者在"问学"过程中，为上述目的在几个方面穷追不舍的情况，这构成本书的第三部分——把握新材料与学界动态。

本书所收，多为随笔类文章，与去年凤凰出版社所刊拙著《三升斋随笔》类似，故以"三升斋续笔"为名。此书之成，全赖王旭斌社长的提议鼓动，在此感谢。

（2021年3月5日完稿。本书2021年7月由浙江古籍出版社出版。）

《华戎交汇在敦煌》序

本书原本是以《华戎交汇——敦煌民族与中西交通》为名，于 2008 年 9 月由甘肃教育出版社出版，列为该社黄强、薛英昭策划，柴剑虹先生和我主编的"走近敦煌丛书"中的一种。据说出版之后，销路颇佳。另外，借助国家外译项目的支持，本书由高田时雄教授策划，西村阳子女士翻译成日语，题为《敦煌の民族と东西交流》，由东京的东方书店于 2012 年 12 月出版，没想到也受到日本读者的欢迎，很快就再版重印。最近，甘肃教育出版社打算重印此书，列入"大家说敦煌"书系之中，更名为《华戎交汇在敦煌》，简明扼要，更便于一般读者。

敦煌在中国历史上有几个特殊的地方，它位于西北边陲，自古以来是一个多民族交流杂居的区域，其中既有畜牧的游牧民族，也有定居的农耕民族，交汇此地；它处在丝绸之路的咽喉之地，是中西交往的孔道，东西传播的物质文化和精神文化，大多数都要经过这里；它留存了一个莫高窟和藏经洞，保留了上千年的艺术创作结晶和各种典籍与公私文书，让我们今天能够仔细追寻敦煌的历史和文化。

我这本小书就是主要利用敦煌藏经洞的各种文献和敦煌石窟的雕像、壁画、榜题等，来阐述敦煌历史上的民族迁徙与融合、中外文化的交流与互动，以及这两方面的历史脉动给敦煌带来

荣新江著《华戎交汇在敦煌》

的丰富多彩的画面,这个画面是其他许多地方所无法媲美的,这正是敦煌的特殊性带给我们今天所能见到的历史场景。而这种历史场景也曾经在与敦煌某些方面相类似的地方存在,由此我们可以从这里来推想其他丝绸之路城市如酒泉、张掖、武威,乃至长安、洛阳的一些情况,不少敦煌的文献和图像原本就来自中原,特别是像长安、洛阳这样的都城之中,敦煌的场景也再现了其他城市的某些文化景观,让读者可以举一反三,从敦煌看到古代中国民族交往和丝路文化交流盛况的某些方面。

希望此书为今日读者了解敦煌,了解曾经生活在敦煌的各个民族,了解穿越敦煌的丝绸之路,提供些许帮助。

(2021 年 7 月 12 日完稿。本书 2021 年 8 月由甘肃教育出版社出版。)

《于阗史丛考》增订新版序

本书初版于 1993 年，由师弟杨继东编辑，在他供职的上海书店出版社出版。2008 年，在沈卫荣、孟宪实二位仁兄关照下，增订本由中国人民大学出版社出版，列入国学院"西域历史语言研究丛书"出版。迄今又十多年过去了，承蒙新任上海书店出版社社长孙瑜先生的美意，把这本书列入该社"经典力量"丛书中重印，不胜感激。张广达先生听说后也很高兴，委托我全权处理重印事宜。照例由我执笔来写一篇小序，置于卷首。

于阗位于今天新疆塔克拉玛干大沙漠的西南沿。于阗史的研究，在国内是属于西域史研究的范畴，总体上是属于中国史的研究领域。然而在西方，于阗的研究，更多的是有关于阗语言文字的研究，属于印欧语系伊朗语族研究的组成部分，因此属于伊朗学的范畴。由于于阗处在丝绸之路干道上，受到来自东西方不同文明的影响，因此于阗史也处于东西文化交流史或中西交通史研究的领域。而于阗作为佛教东传的中转站，与佛教学关系密切，于阗史也不可避免地与佛教史相关联。

正是在这样的知识背景下，于阗史的研究必然是一个跨学科的研究领域，而多学科的互动，是推动学术进步的动力。东西方学者各有所长，通过交流而相互促进。我跟从张广达先生自 20 世纪 80 年代初开始于阗史的探讨，把汉文史料的发掘利

张广达、荣新江著《于阗史丛考》（增订新版）

用，作为我们见长的方面，所以努力收集传统正史、僧传、地志、文集中的材料，同时大力发掘已刊、未刊的敦煌、和田出土文书，像敦煌文书中有关于阗的国王、太子、公主、使臣的记录，有关于阗瑞像的记载，都尽可能没有遗漏地检寻出来，用论文的方式整理发表。但于阗史研究的另一类重要材料是和田、敦煌出土的于阗语文献，在这方面我们努力与欧美、日本的于阗语专家充分交流，及时掌握他们发表出来的资料，融入我们有关于阗历史、文化的研究当中，同时也从历史学的角度，在于阗语文书的年代问题上与国外同行切磋对话。此外，藏文《大藏经》中有关于于阗佛教的几种著作，我们则通过英文译本，尽可能地与汉文、于阗文文献相发明。

我们的合作研究到 2002 年发表《圣彼得堡藏和田出土汉文文书考释》为止，敦煌文献中有关于阗的史料大体收罗殆尽，但和田出土的汉文文书仍陆续有所公开。特别是伦敦、圣彼得堡所藏于阗语文书陆续翻译成英语出版，加上赫定收集品，其实为唐朝统治时期的于阗研究提供了良好的时机。而今，和田本地又发现了大量的于阗语和汉语文书，分藏中国国家图书馆、中国人民大学图书馆、新疆博物馆等处，预示着于阗史研究的新天地。而敦煌藏经洞的于阗语文献，虽然还没有重大的突破，但已经引起于阗语专家的重视。回顾以往，瞻望未来，于阗史研究的新时代值得期待。

本书所收各篇文章，代表着 2002 年之前的水平，偏重史料的整理，于今仍不乏整理之功，故此不加修订，重印再刊，以供愿意从事于阗研究诸君使用。

最后，感谢上海书店出版社俞芝悦女史为编辑此书付出的劳动，感谢何亦凡同学帮忙校对。

（2021年6月17日完稿于江南旅次。本书2021年9月由上海书店出版社出版。）

《ソグドから中国へ——シルクロード史の研究》序（附中文本）

　　一九九〇年に私は初めて日本を訪れ、龍谷大学西域文化研究会で半年間研究に従事した。その間、京都大学人文科学研究所の桑山正進先生が主宰される『慧超往五天竺国伝』読書班に参加し、また、東京・大阪・奈良等にある学術機関を短期間訪問し、所によっては講演も行った。この後、私が日本を訪れる機会は年を逐って増え、最近十数年の間は、二〇二〇年は残念ながら新型コロナウイルス感染症流行の影響を受けたほかは、ほとんど毎年訪れており、時には一年に二～三回行くこともあった。短期訪問と研究、学術会議、または特別展覧会の見学、図書購入など、様々なことがあった。関連領域の日本の研究者もたびたび北京を訪れ、あるいはその他の地方で開催される学術会議で彼らと会うこともあり、交流は非常に頻繁であった。日本の先生方の中には、ご自身の学生を推薦して北京大学に来させ、私の指導の下で隋唐史・シルクロード・敦煌トルファン文書などを学ばせることがあり、それぞれの学生たちは、私の門下で二年間を過ごした。私もまた一視同仁の態度で、北京大学の自分の学生と同じように対応し、授業や指導の他に、時には彼らを連れて地方で資料調査を行うこともあった。

「以文会友」の原則に基づいて、招聘を受けて日本の学術会議に参加したり論文を書いたりするときには、私は極力日本語の論文を提出するようにしてきた。残念ながら、私の日本語は大学で第二外国語として学んだに過ぎず、本を読むことはできるが、書くことはできない。しかしながら私を招聘してくれた日本の友人や会議、学術雑誌の主宰者、私がかつて教えた日本の学生、あるいは日本語が得意な中国の学生の協力によって、相前後して発表した私の日本語の業績は、既に四〇篇近い分量になり、内容も私の学問領域のほとんど全域に及んでいる。総じていえば、日本で発表した論文には、全て自分から見ても最も満足がいく、学術的な成果の豊富な作品を選んできた。そのため、これらの日本語論文は、私が行ってきた学問領域の主要な成果を含んでいるといってよい。

二〇一九年の始めに、私は東洋大学で連続講義を行い、その機会に日本語で発表した自分の全ての文章を整理する機会を得たことから、日本語の論文集を出版してみたいという考えが浮かんだ。その考えは、日本の友人である氣賀澤保規・妹尾達彦両教授の賛同を得て、また汲古書院の三井久人社長の了解も得ることができ、特に東洋大学の西村陽子氏の協力を得ることができた。そこで既出版の日本語論文を全て集め、そこから二〇篇を精選し、『ソグドから中国へ——シルクロード史の研究』と題し、「シルクロード史一般」・「唐

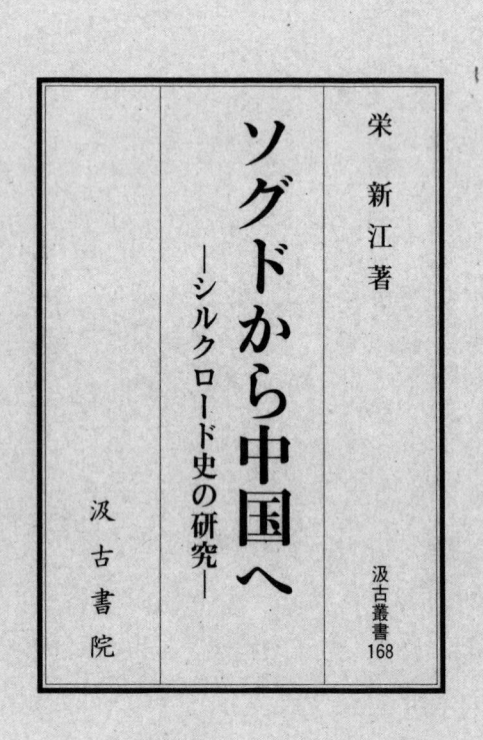

榮新江著《ソグドから中国へ——シルクロード史の研究》

朝都城と周辺民族」・「敦煌」・「トルファン」・「于闐」・「ソグド」という六つの領域に分けて文章をまとめ、読者が筆者の全体的な学問の枠組みと研究過程を理解できるようにした。二年にわたる尽力を経て、今、論文集の編集はほぼ完成した。

　筆者は、ここで論文各篇の訳者諸氏に感謝したい。彼らは、本書の篇目順に挙げると、西村陽子・陳贇・森部豊・丁義忠・会田大輔・田衛衛・高田時雄・村井恭子・植松知博・孫躍新・周培彦・清水はるか・關尾史郎・西林孝浩・稲垣肇・張銘心・広中智之の諸氏である。原稿の編集・整理・校訂にあたっては、特に前島佳孝・西村陽子両氏の尽力に感謝したい。また、拙文を本書に収録することを了承していただいた原所載雑誌・出版社および学術機関にも感謝したい。なお、編集の過程で訳文を改めた箇所があるが、これらは全て著者・編修の責任においてなされたものであることを申し添えたい。各論文の翻訳は、文末に掲示されている訳者がなされたものあることに何ら変更はない。

　汲古書院は、中国の研究者の印象では、水準の極めて高い学術出版社であり、「汲古叢書」に収録されるのはすべて分量のある学術著作であり、拙著をその中に加えていただけるのは、まことに光栄である。しかも日本の最も優れた学術出版社で純粋な学術論文集を出版するのは、私の昔からの夢であった。そのため、筆者は特に汲古書院・中華書局の出版過程で提供された協力に感謝し、三井久人先生、徐俊先生、柴田聡子氏、王瑞玲氏の四方の助力に感謝したい。

　山川は域を異にすれども、風月は天を同じくす。これを学子に寄せ、共に来縁を結ばん。

　拙著の出版が、日本の研究者諸賢の批評と叱正のきっかけになることを願っている。

　中日両国の学術交流には悠久の歴史があり、筆者にとっても、過去三〇年来の日本の研究者との交流は裨益するところが大きかった。今後とも、より一層の努力を重ねつつ、友好を深め、学術を促進していきたいと願っている。

栄新江
二〇二一年一月一八日
北京大学にて

附中文本

　　我是1990年第一次到日本访问，在龙谷大学西域文化研究会从事研究工作半年时间，其间参加京都大学人文科学研究所桑山正进教授主持的《慧超往五天竺国传》读书班，也曾短期走访东京、大阪、奈良等地的学术机构，在一些地方还做了讲演。此后，我来日本的机会逐年增多，在最近十多年中，除了2020年新冠肺炎疫情的影响没有去日本外，几乎每年都会去，甚至一年两三趟，有短期访学和研究，也有学术会议，还有看一些特别的展览，采买图书等等。相关学术领域的日本学者也时常来北京，或在其他地方召开的学术会议上见面，交流十分频繁。有的日本老师也把自己的学生推荐到北京大学，跟从我学习隋唐史、丝绸之路、敦煌吐鲁番文书等，个别的博士生甚至在我门下两年，我也一视同仁，和北大自己的学生一样对待，授课、辅导之余，有时候还带他们到地方上寻访资料。

本着以文会友的原则，我在受邀参加日本的学术会议或专刊论文写作时，尽量提交日文论文。遗憾的是在大学里日语是作为第二外国语学习的，只能看书，而很难写作。承蒙邀请我的日本友人、会议或专刊的组织者、我教过的日本学生或日文较好的中国学生的大力帮助，我前后发表的日文文章，竟然有近四十篇之多，内容几乎涉及我的所有学术领域。一般来说，拿到日本来发表的文章，都是选择自己最有心得和收获的作品，所以这些日文论文其实可以说代表着我从事学术研究的主要成绩。

2019年初，我在东洋大学讲学，有机会条理自己用日文发表的所有文章，萌生了出版一本日文论文集的想法，并且得到日本友人气贺泽保规、妹尾达彦教授的赞赏，也获得汲古书院出版社社长三井久人先生的支持，特别是得到了西村阳子女史的大力协助。于是把所刊日文文章全部找出，精选20篇，以"ソグドから中国へ——シルクロード史の研究"（从粟特到中国——丝绸之路史研究）为题，分成"シルクロード史一般"（丝

绸之路史概说）、"唐朝都城と周辺諸民族"（唐朝都城与周边诸民族）、"敦煌"（敦煌）、"トルファン"（吐鲁番）、"于闐"（于阗）、"ソグド"（粟特）六个方面，将文章以类相从，便于读者了解笔者整体学术框架和研究历程。经过近两年的努力，目前论集大体编辑完毕。

笔者在此感谢各篇论文的译者，他们是（依出现顺序）：西村阳子、陈赟、森部丰、丁义忠、会田大辅、田卫卫、高田时雄、村井恭子、植松知博、孙跃新、周培彦、清水はるか、関尾史郎、西林孝浩、稲垣肇、张铭心、広中智之各位女士、先生。在书稿编辑、整理、校对方面，则尤其感谢前岛佳孝先生、西村阳子女士的大力帮助和辛勤付出。我也要感谢同意把拙文收入本书的各篇论文原发表的杂志、出版社和学术机构。另外，编辑过程中对个别译文的细微之处略有改订，其相关责任全由著者和编修者承担。各篇论文的翻译者都在每篇文章后面具名，没有做任何改动。

汲古书院在中国学者的印象中是一家极有水平的学术出版社，《汲古丛书》收录的都是很有分量的学术著作，笔者拙著得以忝列其中，至感荣幸。而在日本最好的学术出版社出版一本纯学术的论文集，是我一直以来的梦想。为此，笔者感谢汲古书院、中华书局在出版过程中提供的协助，感谢三井久人先生、徐俊先生、柴田聪子女士、王瑞玲女士四位的鼎力支持。

"山川异域，风月同天。寄诸学子，共结来缘。"

希望拙著的出版，更方便日本学人的批评指正。

中日两国学术交往源远流长,笔者在过去三十多年与日本学者的交往中,受益匪浅;今后希望自己倍加努力,以增进友谊,促进学术。

(2021年1月18日完稿于北京大学。原以"《ソグドから中国へ——シルクロード史の研究》序(中文本)"为题,载刘进宝主编《丝路文明》第6辑,2021年10月上海古籍出版社出版。本书2021年10月由东京汲古书院出版。)

《敦煌学新论》增订本序

学术研究是累进式的，一个方向研究到一定程度，可能会达到一种境地，一时间恐怕不容易再进一步，此时不妨换一个领域，做一点其他方面的研究。等过了一段时间之后，再回到这个领域，或许又有了新的想法、新的路径，从而又有了新的成果。我的敦煌学研究，也是如此。

20世纪的80—90年代，我比较集中地从事敦煌学研究，特别是着力于唐宋之际归义军史的探讨，也对敦煌探险史、敦煌文献的海内外流散史，以及敦煌学学术史感兴趣。1996年曾出版《归义军史研究》《海外敦煌吐鲁番文献知见录》两本专著；1999年将一些相关论文辑为《鸣沙集——敦煌学学术史和方法论的探讨》，在新文丰出版社出版；2002年又将一批论文辑为《敦煌学新论》，由甘肃教育出版社出版。其实，2000年以后，我把更多的精力投入到中外关系史的研究中，特别是由于一些粟特首领墓葬的发现，让我更多地关注粟特的历史文化、宗教信仰问题，先后出版《中古中国与外来文明》《中古中国与粟特文明》《丝绸之路与东西文化交流》。虽然主要从事中外关系史的研究，但敦煌学的研究仍在其间断断续续地进行，时有所获。2010年曾经把一些新撰的有关敦煌学学术史和方法论方面的文章，辑入《鸣沙集》的修订本《辨伪与存真——敦煌学论集》。

2002年出版的《敦煌学新论》主要收录了本人2000年敦煌学百年前后撰写的一批文章，字数不够，也阑入一些于阗、吐鲁番等方面的论文和书评。这次的增订本，把一些不属于狭义敦煌学范围的文章移出，也删掉因为归组而后来收入其他文集的篇章。仔细盘点2002年以后（主要是2010年以后）我撰写的敦煌学论文和书评，大致按照我研究敦煌学的几个方面，分别归入"敦煌历史""敦煌文献""敦煌学学术史""敦煌学书评"四个板块当中。

因为科班是历史学出身，所以我对敦煌历史也最为关注，除了关于归义军以及相关的于阗、回鹘史之外，其他时段的问题也常记心头。第一组"敦煌历史"方面新增文章中的《贞观年间的丝路往来与敦煌翟家窟画样的来历》，就是我多年关注的一个问题，希望提出一些解说。而《敦煌城与莫高窟的历史概观》《敦煌历史上的曹元忠时代》虽然是应会议和展览所写的短文，但也力图在叙述中凸显一些新的看法。

我所在的北京大学中国古代史研究中心，一直是高校古籍整理委员会下属的一个古籍整理研究单位，所以我也一直从事着敦煌、吐鲁番文献的整理与研究，故此这里特辟"敦煌文献"一栏。我曾经系统校录过敦煌的地理文献，但没有出版，这里收录的有关《天宝十道录》《贞元十道录》的研究，就是在此前整理研究基础上的论述。当然在寻访、调查海内外敦煌文献的时候，常常有文献方面的新发现，包括这里收录的英伦所见三种敦煌俗文学作品和海内外所藏敦煌本邈真赞，还有一些文

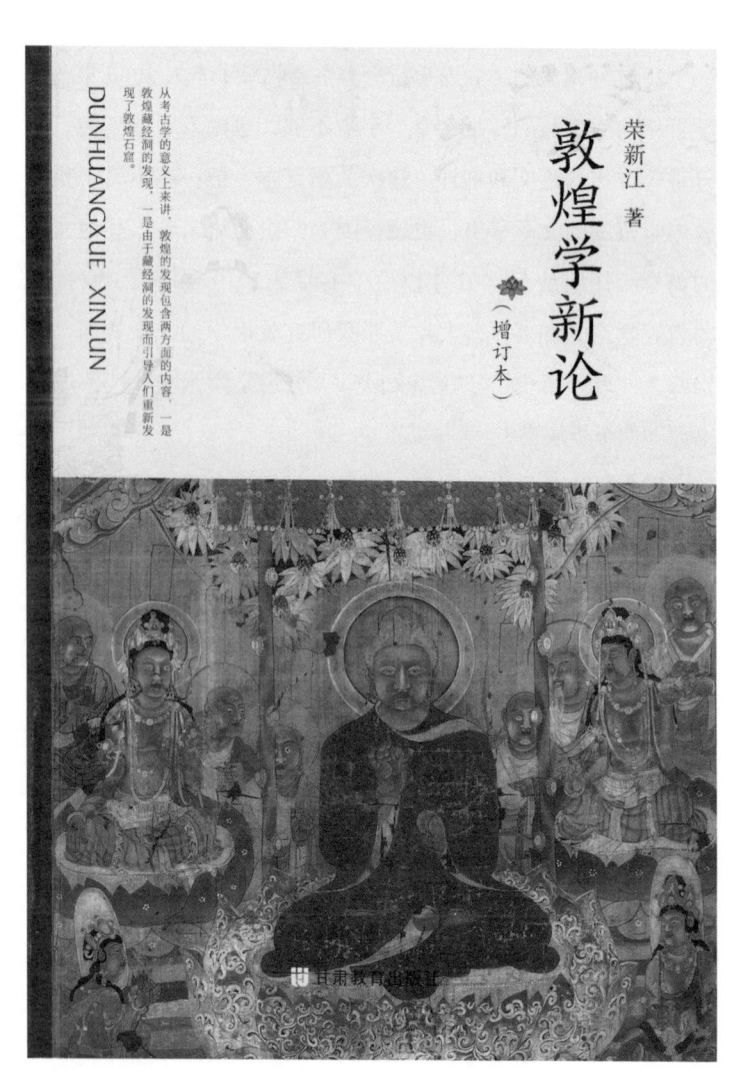

荣新江著《敦煌学新论》增订本

章没有收入本书，如与徐俊合撰《新见俄藏敦煌唐诗写本三种考证及校录》(《唐研究》第5卷，1999年)、《唐蔡省风编〈瑶池新咏〉重研》(《唐研究》第7卷，2001年)，与史睿合撰《俄藏敦煌写本〈唐令〉残卷(Дx.3558)初探》(《敦煌学辑刊》1999年第1期)、《俄藏Дx.3558唐代令式残卷再研究》(《敦煌吐鲁番研究》第9卷，2006年)，因为已分别收入徐俊《鸣沙习学集》或史睿的拟刊大著中，所以不再重复。《英国图书馆藏敦煌汉文非佛教文献残卷概述》是我整理英藏敦煌残片的心得，与此类似的工作还有我与余欣、王素合撰的《首都博物馆藏敦煌吐鲁番文献经眼录》(《首都博物馆丛刊》第18辑，2004年)及续篇(《首都博物馆丛刊》第21期，2007年)，已收入余欣《博望鸣沙》一书，故此不赘。其实，《唐人诗集的抄本形态与作者蠡测——敦煌写本S.6234+P.5007、P.2672综考》可能是我自己最满意的文献学研究论文，用原始文书来阐明唐人诗歌的生成个案，是在敦煌文献之外很难找到材料的。

有关"敦煌学学术史"的增补不多，但陈寅恪先生《陈垣敦煌劫余录序》读后感是一篇长文，也是我非常用力写的一篇文章，因为其中涉及敦煌学学术史和方法论的一些根本问题，可以借助寅恪先生的名篇，做深入细致的阐发。

写学术性的书评是我一直在敦煌学界大力鼓吹的方面，此前我也写过不少篇，近年来成文不多，新增的评《敦煌学：第二个百年的研究视角与问题》及其他相关论著的文章较长，火力也较猛，是我所标榜的书评范例。这部分收入了《敦煌学大辞典》中所撰的著作类词条，名之曰《敦煌书录》，其缘由已经写在《书录》前，此不赘述。

我曾想把自己零散的敦煌学文章辑为"月牙集"后，暂时告别敦煌学的研究。这次编辑《敦煌学新论》增订本，清理一下自己研究敦煌学走过的一些路，更增添了对敦煌学的热爱，也有了一些新的思路。看来，百尺竿头，还要更进一步。

感谢甘肃教育出版社提议重刊拙著，感谢主编薛英昭、副主编孙宝岩、编辑秦才朗加诸位先生在本书增订本编印中给予的帮助。日前过兰州，书稿校样已出大半，因草就书序，略述因缘。

（2021年4月25日草于敦煌，5月6日定稿于北大。载《敦煌学辑刊》2021年第2期。本书2021年10月由甘肃教育出版社出版。）

《和田出土唐代于阗汉语文书》序

我的学术研究是从于阗开始的。一篇带有10世纪于阗年号的敦煌文书，把我推向距离遥远而充满艰难的于阗历史研究。虽然我的第一篇真正意义上的学术论文因为与恩师张广达先生合撰而在1982年得以发表，甚至1984年就被译成法语在巴黎刊出，但于阗研究的道路荆棘丛生，不仅史料分散，而且材料语言繁多。面对眼前的一座座高山，我由此开始了满世界寻找于阗文书的漫长旅程。

1985年，我有机会前往伦敦的英国图书馆，抄录部分霍恩雷和斯坦因所获和田汉语文书，随后走访了斯德哥尔摩的人种学博物馆，调查赫定收集品，录出汉文木简文书，并获得全部木简（主体是于阗语）照片。1990年下半年到1991年初，到日本龙谷大学访学，得以遍览全部大谷文书缩微胶卷，检出数件于阗文书。1991年2月从日本到英伦，编纂英国图书馆斯坦因敦煌残片目录，借机过录了一批斯坦因第三次中亚探险所获于阗文书。同年7月我有机会从伦敦前往列宁格勒（圣彼得堡）调查敦煌文献，注意到其中混有和田出土文书，以后这组文书部分由施萍婷先生录出，部分由熊本裕教授提供给我们。此后我又数次到访圣彼得堡俄罗斯科学院东方文献研究所，过录了全部敦煌编号中的和田出土汉语文书。1996年在柏林德国国家图书馆，我得以通检德国吐鲁番探险队收集品，从中录出几件十分珍贵的和田出土汉语文书。最后在 2017 年，我终于得到机会走访德国慕尼黑五洲博物馆（原人种学博物馆），录出全部弗兰克收集品中的汉语文书。至此，几乎所有散在海外的和田出土汉语文书均得以过目，并据原件做了录文。这些陆陆续续积累的录文纸片，曾经分散在不同的纸袋中，随着时间的推移，越来越有散失的危险。近年来借助整理中国国家图书馆和中国人民大学博物馆新获和田出土汉语文书之机，把这些电脑中散存的录文和书架上各种档案袋中的纸片收集起来，形成本书的基本内容。

与敦煌吐鲁番文书相比，和田出土汉语文书大多数十分零碎，有些只有一两个字，完整的文书很少，两三叶的"长卷"极为罕见，尽管如此，因为这些汉语文书出自塔里木盆地西南的和田地区，是目前所见大批汉语文书出土地的最西端，对于研究唐朝势力进入西域地区的历史，以及于阗王国的文化面貌，都有其他史料所无法取代的特殊价值，有的文书虽然只有几个字，但却透露出十分重要的历史信息。随着这些汉语文书的陆续公布，它们已经成为学者探讨唐代西域史不可或缺的原始材料，因为是没有经过史家润色的无意遗物，所以要比传世的周边民族所记录的于阗史事更加真切，更加接近历史的真相。

我在多年的于阗史研究中，得益于和田出土汉语文书，又有机会过录了几乎所有海外所藏汉语文书，考虑到这些资料对于研究于阗乃至西域历史、文化、宗教、语言等多方面的价值，感觉是时候把这些残片聚合在一起了。因此最近一年来，我又

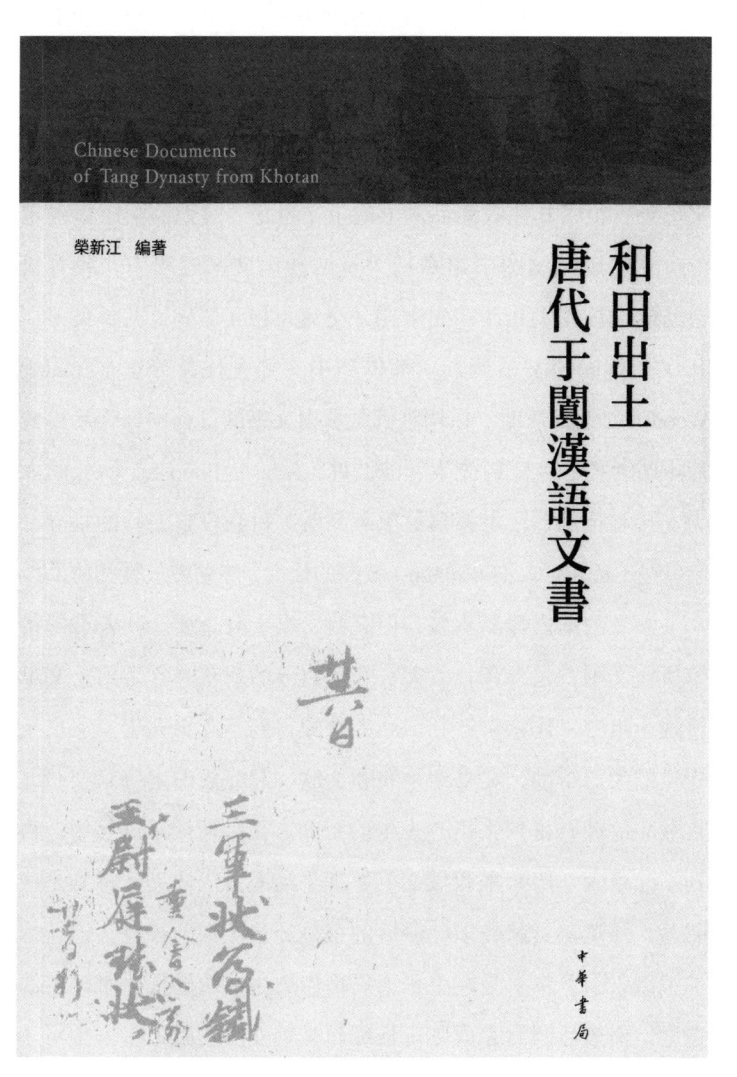

荣新江编著《和田出土唐代于阗汉语文书》

将全部汉语文书重新校录一遍，添加相关研究信息，形成本书，以供学人参考。

在这项漫长的工作过程中，我得到了许多人的帮助，特别应当感谢的首先是张广达先生，除了合作整理圣彼得堡藏汉语文书外，很多其他收集品文书的录文也是经过他的法眼而确定的。在整理英国图书馆藏最大量的和田文书过程中，我有机会与陈国灿先生和沙知先生充分交流，相互切磋，获益良多。几次在英国图书馆调查，都得到中文部主任吴芳思（Frances Wood）的无私帮助。在调查俄藏和田文书的过程中，先后得到熊本裕教授、施萍婷先生、波波娃（Irina F. Popova）所长的大力支持和帮助。在考察慕尼黑藏品时，得到段晴老师的指导，哈特曼（Jens-Uwe Hartmann）教授的援助，陈菊霞教授的协助。本书涉及的国内藏品不多，但有些文书十分重要。吐鲁番博物馆所获文书，是李肖、孟宪实和我领导的新获吐鲁番出土文献整理小组的工作结果；和田私人收藏得到于志勇先生、艾再孜先生的大力帮助，文书则是我和文欣一起完成的定稿录文；北京藏品的调查得到张铭心先生的帮助。在后期校录过程中，得到了北京大学历年来西域文书整理小组成员的协助，特别是庆昭蓉、郑燕燕贡献较多，最后的书稿经过沈琛的校对，他还帮忙编制索引。本书是在中华书局徐俊先生在领导任上时确定的选题，而最后圆满完成则责任编辑李勉女史贡献最多，她对于这本成书过程过长的史料辑录本，从体例到文字都做了统一厘正的工作。本书最后的整理工作与中国人民大学藏唐代西域出土文献整理与研究工作同步，承蒙孟宪实教授关爱，将本书列入该项目出版。凡此以上种种帮助，各位学人的高情厚谊，笔者感激莫名。

（2022年6月24日完稿于三升斋。本书2022年9月由北京中华书局出版。）

《从张骞到马可·波罗：丝绸之路十八讲》导论

1877年，德国地理学家李希霍芬（F. von Richthofen）提出，把汉代中国和中亚南部、西部以及印度之间的以丝绸贸易为主的交通路线称作"丝绸之路"（Seidenstrasse, Silk Road），那时他主要还是根据汉文、希腊文、拉丁文文献材料加以说明，而没有多少实物印证。而且，他对"丝绸之路"这一称呼的说法还不是非常统一[①]，甚至可以说这样的定名有一些"偶然性"[②]。此后，学界对于"丝绸之路"的使用也不规范。到了19世纪末20世纪初，以塔里木盆地为中心的西域考古探险时代的到来，才使得"丝绸之路"得到了实物印证，也推动了"丝绸之路"的研究。

这些以收集古物为目的的考察探险队，对于塔里木盆地、吐鲁番盆地、河西走廊等丝绸之路沿线的古代城址、寺院、千佛洞、古墓等，进行了大规模的发掘，获得了大量的文物和文献材料。这些考古发现揭示了古代高昌、龟兹、焉耆、巴楚、于阗、楼兰、敦煌、黑城等地区或城镇的古代文明，其中包含

[①] 丹尼尔·沃（Daniel C. Waugh）《李希霍芬的"丝绸之路"：通往一个概念的考古学》，蒋小莉译，朱玉麒主编《西域文史》第7辑，科学出版社，2012年，295—310页。

[②] 唐晓峰《李希霍芬的"丝绸之路"》，《读书》2018年第3期，64—72页。

有大量的丝绸之路文物。这些文物材料和文献记载，极大地推动了对李希霍芬提出的"丝绸之路"的认识，特别是一些丝绸、织锦、玻璃、钱币、各种文字的古文书，使得丝路贸易和文化交往落到了实处。把这些地区发现的文物汇集起来，就可以连成一条丝绸之路。这条丝路是双向文明的交流，是多元文化的共处，而出土这些文物的城镇，就是历史上维持丝路贸易往来和文化交流的重要节点。

可以说，19世纪末20世纪初叶的西域考古调查所获的资料，使得"丝绸之路"的内涵一下子丰满起来，极大地充实了丝绸之路的内容，不论是物质文化方面，还是精神文化方面。与此同时，各支探险队所走的道路，基本上就是古代的丝绸之路。而不少探险队员也是优秀的作家和画家，他们用笔生动地描述了丝绸之路的地理和人文景观，介绍了丝绸之路上的故事，描绘了丝绸之路上的风情，也刻画了丝绸之路上行走的艰难。

可以说，只有到了西域地区考古探险的时代，李希霍芬提出的"丝绸之路"才真正被坐实，才真正得到证明。特别是李希霍芬的学生斯文·赫定（Sven Hedin），以"丝绸之路"作为自己考察记录的书名[①]，使得他的老师的"提议"，实实在在地找到了印证，把丝绸之路学说发扬光大开来。

以后随着研究的深入，"丝绸之路"的概念不断扩大，有草原丝绸之路、海上丝绸之路、西南丝绸之路；又有玉石之路，黄金之路，玻璃之路，青金石之路，香料之路，佛教之路，茶

[①] Sven Hedin, *The Silk Road,* tr. by F. H. Iyon, New York: E. P. Dutton, 1938. 江红、李佩娟汉译本《丝绸之路》，新疆人民出版社，2013年。

荣新江著《从张骞到马可·波罗：丝绸之路十八讲》

叶之路，茶马古道，陶瓷之路，等等。这些概念都有学术资料的支撑，是可以成立的，但"丝绸之路"无疑是最有影响力的说法，其基本概念也是最重要的中西交往通道。

在中国，丝绸之路研究是放在"中外关系史"学科当中的，这门学问早年又叫作"中西交通史"。中国最早专门从事这一学科领域研究的人，是张星烺、冯承钧、向达，素称"中西交通史"三大家，其他如陈垣、陈寅恪、岑仲勉等人在该领域也有建树，但他们不是专门从事这门学问的研究者，而且更多的贡献在其他方面。张星烺最重要的著作是《中西交通史料汇编》[1]，把从先秦到明清有关中西交通的中外文史料汇于一编，并做简要的注释，为中西交通史研究奠定了基础，此后许多研究论文都是从这本书提供的史料开始的，但不一定把这本书引出来。《中西交通史料汇编》在今天看来有时代的局限，比如传统史料《水经注》就没有用（大概当时没有好本子），出土文献只限于已经整理的少量敦煌写本，西文文献依据的译文比较陈旧等，但它的贡献是不可磨灭的。冯承钧虽然也有自己的研究著作，但更重要的是法文著作的翻译，如《西突厥史料》《马可·波罗行纪》《多桑蒙古史》，以及发表在《西域南海史地考证译丛》九编中的散篇文章[2]，对于中国中外关系史研究具有

---

[1] 张星烺《中西交通史料汇编》，6册，辅仁大学，1930年。

[2] 《一编》至《四编》，商务印书馆，1934—1941年；《五编》至《九编》，中华书局，1956—1958年；商务印书馆，1962年重印。1995年，商务印书馆又将全部九编汇集为《西域南海史地考证译丛》第1—2卷重印。又将几篇长篇译文汇辑为第3卷，包括希勒格《中国史乘中未详诸国考证》，1999年出版。

极大的推动力，迄今有些论著仍然是最重要的，如沙畹、伯希和《摩尼教流行中国考》（也有单行本）。向达除了早年的一些译著外，更多的是做研究，以《唐代长安与西域文明》（《燕京学报》专号，1933年）等一系列文章知名于世，除了汇集在同名论文集中的文章外，还有大量单篇论文散在报刊当中，其中包括明清时期中外关系史的论述；他还主持了中华书局《中外交通史籍丛刊》并整理多部古籍，贡献至多。

1951年开始全国高校院系调整，学科重新划分以后，一些早期就从事中外关系史的学者如孙毓棠、韩儒林、朱杰勤、夏鼐、季羡林、周一良等仍然有所贡献。"文化大革命"后一些学者才得以发表这方面的长期积累成果，韩振华、马雍、张广达、蔡鸿生、姜伯勤等，都有许多论著发表，研究的方面也有所推广。"文化大革命"后培养出来的一批研究生、本科生，如余太山、刘迎胜、安家瑶、林梅村、齐东方、汤开建、芮传明、段晴、赵丰等一大批学者，也从各个不同的角度，对中外关系史的研究做出了重要贡献。比较重要的系统论述，早一些的有周一良主编《中外文化交流史》（河南人民出版社，1987年）和张维华主编《中国古代对外关系史》（高等教育出版社，1993年），前者是按国别或地区编写的中外文化交流史，后者是按年代编写的更为全面的对外关系史，是"高等学校文科教材"；晚一些的有王小甫等编著《古代中外文化交流史》（高等教育出版社，2006年）和张国刚、吴莉苇著《中西文化关系史》（高等教育出版社，2006年），两者都是普通高等教育"十五"国家级规划教材，都是从先秦到明清的系统叙述，后者篇幅更多，大航海时代以后的近代早期中西文化交流部分占了一半篇幅。这些教材由于层层因袭的关系，比较照顾已知的重要史实和人物，而对于此后研究发现的人物和事件纳入不多，特别是对大量考古资料的消化利用还有些不够，而且都是单一的文字叙述，很少有附图，更没有彩色图片，这其实是教材最需要包含的内容。

21世纪以来，随着国家"一带一路"倡议的提出和推进，丝绸之路研究重新焕发了活力。在此背景下，国内外涌现出一大批学术论著，相关的展览、讲座等活动也如火如荼。我们知道，丝绸之路的研究范围是沿着丝路一个文明与另一个文明的交往问题，在涉及中外交往的时候，丝绸之路研究就是中外关系史研究。有的时候两种文明的交往不发生在中外之间，比如波斯和罗马。因此，丝绸之路研究的热潮，对中外关系史学科的发展是一个强大的促进，在各个方面推进了中外关系史研究的进展。

近年来学界新创办了四份丝绸之路的学术专刊。一是刘进宝主编的《丝路文明》，2016年12月创刊，截至2021年11月已出版六辑，大部分内容是有关丝绸之路的专题研究，但也包含了一些纯粹的敦煌学研究。二是沙武田主编的《丝绸之路研究集刊》，创办于2017年5月，截至2021年6月已出版六辑。此刊注重考古、艺术史的图像资料，强调以图证史，收录了不少有分量的文章。三是李肖主编的《丝绸之路研究》，创办于2017年12月，内容涉及历史、考古、丝路语言等，但目前仅出两辑；可喜的是与之相应的英文本，已经由三联书店和Springer出版了两辑，称作 *Silk Road Research Series*（丝绸之路研究丛刊），每辑有个专题。四是罗丰主编的《丝绸之路考古》，于 2018 年 1 月创办，到 2020 年 10 月为止已出版四辑，前三辑所发文章虽为精品，但多为旧作，从第 4 辑开始多是未刊论文，考古资料在丝绸之路研究上十分重要，而且不断有新发现，也有新的研究，是学界更加期待的成果。

对于丝绸之路热，国外的一些研究者更加敏感，一批新著脱颖而出，一些著作的中文译本也抢占了国内的市场。比如 2012 年出版的韩森（Valerie Hansen）《丝绸之路新史》，就出版了学术版、普及版以及大陆和台湾地区的中译本[①]，还有配套的《丝绸之路研究论文精选集》（*The Silk Road. Key Papers*）[②]，主要选取楼兰、龟兹、高昌、撒马尔干（又译撒马尔罕）、长安、敦煌、于阗七个地点展开研究，对推进国内外丝绸之路研究颇有贡献。2016 年增订再版，名《丝绸之路新史（史料增补本）》，在每一章开头罗列相关史料，并增补"马可·波罗时代的大都"为第八章[③]。但作为一个汉学家，仅仅依靠敦煌吐鲁番碎片来理解丝绸之路，还是存在一定问题，有以偏概全

[①] Valerie Hansen, *The Silk Road. A New History*, London: Oxford University Press, 2012. 中译本有：张湛译《丝绸之路新史》，北京联合出版公司，2015 年；黄庭硕、李志鸿、吴国圣译《丝路新史》，麦田出版社，2015 年。日译本有田口未和译《図説シルクロード文化史》，原书房，2016 年。

[②] Valerie Hansen (ed.), *Silk Road. Key Papers*, Leiden & Boston: Global Oriental, 2012. 笔者书评载《敦煌吐鲁番研究》第 13 卷，上海古籍出版社，2013 年，579—588 页。

[③] Valerie Hansen, *The Silk Road. A New History with Documents*, London: Oxford University Press, 2016.

之嫌。又如吴芳思（Frances Wood）的《丝绸之路两千年》[1]，是面向大众的概论性著作，但其特点在于用一种英国的视角来看待丝绸之路，有些是以往中国学者难以触及的方面。还有魏泓（Susan Whitfield）的《丝路岁月》[2]，以十二种人物类型展开，如寡妇、士兵、商人、公主等，颇有新意。以学术为支撑的通俗类著述，恰是以往中国学界所缺乏的。

还有一些非丝绸之路研究者也转入丝绸之路研究，其中最有代表性的是弗兰科潘（Peter Frankopan）的《丝绸之路：一部全新的世界史》[3]。这部以丝绸之路所经欧亚大陆为主要对象的世界史，抛弃了传统的"欧洲中心论"，以欧亚内陆为核心，对两千多年来的世界历史变迁，做出新的阐述。作者以各种不同的"路"来穿针引线，把从古代帝国到今日霸权国家在欧亚内陆的权力角逐，把经过丝绸之路传播的种种宗教、文化、思想，把这条商道上东西运输的各色商品，都做了宏观的描述，让读者可以通过丝绸之路的新视角，来观察人类文明的发展。本书的重点不是中国，很少内容涉及中国，而是从中国延展出去的丝绸之路新通史。我在这本书中译本的推介词中说，对于热切

---

[1] Frances Wood, *The Silk Road. Two Thousand Years in the Heart of Asia*, Berkeley: University of California Press, 2002. 赵学工中译本，上海辞书出版社，2016年。

[2] Susan Whitfield, *Life along the Silk Road*, London: John Murray, 1999. 中文译本有：李淑珺译《丝路岁月》，究竟出版社，2003年；海南出版社，2006年；王姝婧、莫嘉靖译《丝绸之路：十二种唐朝人生》，四川人民出版社，2020年。

[3] Peter Frankopan, *The Silk Roads. A New History of the World*, New York: Alfred A. Knopf, 2016. 邵旭东、孙芳中译本，浙江大学出版社，2016年。

需要了解"一带一路"的中国读者来说,"这部著作犹如来自异域的西瓜,既让我们知道丝绸之路的甘甜,也要警觉这条道路的艰辛和火辣"。

另外,身为清史研究者的米华健(James A. Millward)所著通识类读物《丝绸之路》①,对丝绸之路后期的论述颇有新意。还有很多在学术研究支撑下撰写的展览图录和一般性图录,比如魏泓主编的《丝绸之路——贸易、旅行、战争和信仰》②与《丝绸之路:人、文化与景观》③,都是很有学术视野的著作。

日本学界早在 20 世纪七八十年代,便有一阵研究丝绸之路的热潮,近年则逐步淡化。在一般的日本学者的观念里,"丝绸之路"往往是比较通俗的学术称谓,所以很少有学者以"丝绸之路"命名自己的著作,一般以"东西文化交流"等名目展开研究。近年来,又有一些学者坚持推进"丝绸之路"的学术研究,出版了川又正智《汉代以前的丝绸之路》④、加藤九祚译著的《考古学所见的丝绸之路》⑤。在这方面最重要的成果是森

---

① James A. Millward, *The Silk Road. A Very Short Introduction*, London: Oxford University Press, 2013. 马睿中译本,译林出版社,2017 年。
② Susan Whitfield (ed.), *The Silk Road: Trade, Travel, War and Faith*, London: The British Library, 2004.
③ Susan Whitfield (ed.), *Silk Roads. Peoples, Cultures, Landscapes*, London: Thames & Hudson, 2019.
④ 川又正智《漢代以前のシルクロード》,雄山阁,2006 年。
⑤ 加藤九祚译《考古学が語るシルクロード史》,平凡社,2011 年。

安孝夫《丝绸之路与唐帝国》[①],最近也出版了中文简体字译本。这是一本植根于精深学术研究的通俗读物,深入浅出,对丝绸之路研究颇有贡献。最近森安孝夫又出版了《丝绸之路世界史》[②],从欧亚大陆基本构造的视角,来讨论丝绸之路的系统,但他关注的焦点还是北方的游牧民族。

本书脱胎于笔者在北京大学历史学系多年来的"中西文化交流史"讲义,这门课是给高年级本科生开设的,有时也叫作"古代中西文化交流史研究""古代中外文化交流史"等,是比较全面讲述从上古到鸦片战争之前的中外文化交流史,但偏重在中西的文化交流方面。正像我的其他课程一样,课程名称有时候是不能改变的,但每次讲课都不会是同样的内容,而是把自己和学界的最新研究成果纳入其中。

在构建本书的写作框架时,曾经反复琢磨,是按照一般教科书那样平铺直叙,面面俱到地讲述丝绸之路呢,还是更多地依据自己的研究成果而不求全面。最后我采用了后面的想法,在照顾每个时段东西交往的主要内容之外,更多地把自己若干年来研究中外关系史的一些收获融入其中,这也和我的《敦煌学十八讲》有些类似,而且更加凸显个性。

我本人的中外关系史,或者说丝绸之路的研究,一方面比较偏重于汉唐时期,另一方面比较关注中国与大的伊朗文化交

[①] 森安孝夫《シルクロードと唐帝国》,讲谈社,2007年。中译本有:张雅婷译《丝路、游牧民与唐帝国》,八旗文化/远足文化事业公司,2018年;石晓军译《丝绸之路与唐帝国》,北京日报出版社,2020年。
[②] 森安孝夫《シルクロード世界史》,讲谈社,2020年。

流的方面，比如粟特商人的东渐、三夷教的流行，是我多年来一直关心的问题。这是因佛教传入的问题，前人关于中印文化交流研究得比较深入，而忽视中国与波斯、粟特等伊朗文明的交流问题。另外，我一直从事着敦煌、吐鲁番和西域地区出土文献，以及各地出土石刻材料的收集整理与研究，加上与中外交流相关的文物材料。我的主要工作是利用新材料，来增进我们对丝绸之路上东西方交往的认识，发掘出前所未知的新内涵，像波斯人李素执掌唐朝天文机构、杨良瑶出使黑衣大食、粟特商人的东渐、晚唐五代宋初的中印往来等等，都是今后可以写入一般教科书的内容，而此前则完全不为学界所知或知之甚少，这正是我们这个时代出土的新材料给我们的新认知。我更希望这本《从张骞到马可·波罗：丝绸之路十八讲》，能够讲述一些其他的丝绸之路通史类著作中所没有的内容。

正是有着这样的考虑，所以本书的重点放在"从张骞到马可·波罗"这个时段当中，一方面植根于自己研究的主要时段，同时也融入自己的研究成果，其中有些讲的内容也直接来自已经发表的文章，但根据本书的讲义性质，做了一些相应的调整。对于中国古代晚期的中外交流史，特别是大航海时代以后的丰富内容，本书只能割爱，这些篇章今后应当单独阐述。

（2022年2月9日完稿。本书2022年11月由江西人民出版社出版。）

《唐宋于阗史探研》序

这是我本人研究于阗史的论文和书评合集，此前出版的《于阗史丛考》和《于阗与敦煌》分别是与业师张广达先生及博士后朱丽双女史合著的。这本收录了从1987年以来历时三十多年的文章合集即将出版，回顾这些文章的撰写历程，不禁感慨系之。

大概从1980年我就在张广达先生指导下研究于阗史，1982年完成与张师合撰的《关于唐末宋初于阗国的国号年号及其王家世系问题》一文，开启我于阗研究的里程。因为自己学养不足，所以最早的一组重头文章都是和张师合撰的，1993年编为《于阗史丛考》，由上海书店出版社出版；以后又增补三篇新作，2008年编为《于阗史丛考（增订本）》，由中国人民大学出版社出版。20世纪八九十年代，在张师的鼓励下，我也单独撰写了一些文章，如《九、十世纪于阗族属考辨》《从敦煌的五台山绘画和文献看五代宋初中原与河西、于阗间的文化交往》《新出吐鲁番文书所见西域史事二题》《于阗在唐朝安西四镇中的地位》《关于唐宋时期中原文化对于阗影响的几个问题》《于阗王国与瓜沙曹氏》等，但研究中心已经转到敦煌的归义军史和以粟特为中心的中外关系史方面了。

从2004年以来，一批批和田出土的汉文、于阗文、粟特文、梵文、希伯来文等写本通过有偿捐赠的形式进入中国国家图书馆、和田地区博物馆、新疆维吾尔自治区博物馆、中国人民大学博物馆等收藏单位,我在西方探险队所获大量和田出土文书一百年后,得以看到如此丰富的资料,自然激动不已。我承乏担任中国国家图书馆和中国人民大学博物馆所藏汉语文书的整理工作,除完成初步释录外,也和我的硕士生文欣合撰《和田新出汉语—于阗语双语木简考释》,又和我的博士后庆昭蓉女史合撰《和田出土大历建中年间税粮相关文书考释》《和田出土唐贞元年间杰谢税粮及相关文书考释》《唐代碛西"税粮"制度钩沉》,作为整理工作的一部分发表(这些合撰文均未收入本书),但因为后来他们都不在国内,这样的合作也很难持续下去。与此同时,我也独立发表了一些以新出文书为主的研究论文,如《和田出土文献刊布与研究的新进展》《唐代于阗史新探——和田新发现的汉文文书研究概说》《汉语—于阗语双语文书的历史学考察》《新见唐代于阗地方军镇的官文书》等,但已经无法集中精力对这些文书反映的唐代于阗史的一些重要问题深入研究,现在把这些文章结集于本书出版,也是想表明后续的工作只能寄希望于更加年轻的学者了。

于阗研究看似是一个涉及西域一隅的小题目,但因为涉及考古、美术、宗教、各种语言文字等题目,却是有一批高手一直不离不弃的领域。我主要是历史和文献研究者,但同时关注其他领域的研究进展,努力以综述和书评的形式来追踪其他于阗研究的进步,本书收入的相关文章就是这些努力的结果。

在编辑《于阗史丛考(增订本)》时,正值广中智之君从我治于阗佛教史,与我合作编纂了《于阗研究论著目录》,大

荣新江著《唐宋于阗史探研》

体上截至增订本出版的 2008 年。这次编辑本书，我又邀约曾从我攻读博士学位、现在南开大学任教的沈琛君，请他在我历年收集的目录基础上加以增补。他不负使命，对 2008 年以后的研究论著做了大量增补，形成本书最后的《于阗研究论著目录补编（2008—2022 年）》。此外，他又帮助我反复校对本书样稿，提出不少修订意见，为本书出版立了头等功。

最后，感谢刘进宝教授将这本很专门的书收入《中亚与丝路文明研究丛书》，感谢沈琛的各种帮助，感谢责任编辑董宏强先生的细心工作。

（2023 年 1 月 10 日完稿。本书 2023 年 3 月由甘肃教育出版社出版。）

《三升斋三笔》序

甘肃文化出版社有"雅学堂丛书"编辑设想,承蒙刘进宝教授美意,将拙著《三升斋三笔》纳入其中,不胜感激。此前笔者曾编选历年所撰杂文为《三升斋随笔》(《凤凰枝文丛》,凤凰出版社,2020年6月)和《三升斋续笔》(问学丛书,浙江古籍出版社,2021年7月),颇受读者欢迎。今择取三四年来所写综述、感言、书评等杂文,以及若干讲演稿,辑为《三笔》,略依内容,分作五组。

一曰"丝路心语"。我近年来主要的关注点是丝绸之路研究,这里收录了有关敦煌文书所记丝绸之路、丝路考古探险与丝路研究、胡语与丝绸之路等问题的论说,还有回顾北京大学与海上丝绸之路研究的长篇综述,以及我对丝路研究对中外关系史学科建设的意义的看法。

二曰"不仅敦煌"。敦煌学无疑是我多年来耕耘的领域,所以这里首先收录了我有关敦煌学学术规范的建立、新时代敦煌学研究的问题和方法,以及有关敦煌写本学的对谈和访谈记录。但我同时希望学界不仅仅关注敦煌,所以在我参与主编的《旅顺博物馆藏新疆出土汉文文献》和《吐鲁番出土文献散录》出版之际,阐述吐鲁番及新疆出土汉文文献整理出版的意义,以及整理过程积累的经验之谈。最后,也为北庭学的发展摇旗呐喊。

荣新江著《三升斋三笔》

三曰"绝学不绝"。近年来学界把敦煌学、甲骨学、西域学等方面的研究称作"冷门绝学",我希望用饶宗颐先生关于敦煌学的研究、段晴教授及其团队关于西域胡语文献的研究、赵莉女史对海外克孜尔石窟壁画的调查复原,以及东友高田时雄先生的学术成就作为例证,强调"冷门不冷,绝学未绝"。

四曰"古籍命脉"。因为我所在的工作单位——北京大学中国古代史研究中心是高校古籍整理委员会下属的单位,我本人也一直是全国古籍整理出版规划领导小组成员,在主要从事出土文献整理的同时,也一直关心古籍数字化、传世重点古籍如《资治通鉴》、"二十四史"等的整理工作,因此把相关论说和发言集中在这里,阐述我对古籍整理的看法和建议。

五曰"集体个体"。集体是我在所在单位成立四十周年之际,对初创时期的北大中古史中心的一些回忆;也同样是在中国唐史学会成立四十周年之际,谈谈我对唐史学会和敦煌吐鲁番学会两个学术团体之间关系的认识。最后则是应傅杰教授的讲座安排,就自己早年买书、访书、读书的回忆,是不乏"少年狂"的个人体验。

五组文章,代表了我近年来对相关学科发展的看法,也有一些自己研究成果的表述和经验之谈,还有一些学术史或学林掌故的记录,希望读者喜欢。

最后,感谢甘肃文化出版社,让这本小书以十分精美的样貌呈现在读者面前。

(2023年3月12日完稿于三升斋。本书2023年7月由甘肃文化出版社出版。)

荣新江主编《法国国家图书馆藏敦煌文献》前言

敦煌文献系统性保护整理出版工程，是全国古籍整理出版规划领导小组主持，中国学术界、文化界、出版界共同推进实施的一项重大文化工程。《敦煌文献全集》作为其中的重点项目，旨在以高清全彩方式高水平集成刊布、高质量系统整理散藏世界各地的敦煌文献。

本书为《敦煌文献全集》之一种，是法国国家图书馆（Bibliothèque nationale de France）藏敦煌文献的高清彩色图录，从某种意义上讲是上海古籍出版社1992—2005年出版的《法藏敦煌西域文献》（简称《法藏》）34册黑白图录的提升版，也是该项工作的继续。《法藏》前面，有时任上海古籍出版社社长魏同贤先生撰《敦煌吐鲁番文献集成策划弁言》，法国国家图书馆馆长芳若望（Jean Favier）先生撰《前言》，法图抄本部东方分部部长郭恩（Monique Cohen）夫人撰《序言》，以及时任上海古籍出版社副社长兼副总编李伟国先生撰《导言》。这几篇文章，特别是《导言》，对《法藏》的编撰缘起、收录范围、法藏敦煌文献价值、编撰原则和方法等等，都做了详细的阐述。作为《法藏》工作的继续，除非必要，前面诸文已经叙述的内容本文不再重复，而重点在于交代本书所做的工作。

若以成千上万个编号来计量敦煌收集品的多少，那依据获取的先后，排在前四位的无疑是英国国家图书馆、法国国家图书馆、中国国家图书馆和俄罗斯科学院东方文献研究所。而以综合的学术价值的占比来衡量收集品的质量，那四家中数量最少的法藏文献应当排名第一。造成这一结果的原因，无疑是法藏敦煌文献的攫取者伯希和（Paul Pelliot）比他的先行者英国斯坦因（Marc Aurel Stein）精通汉语，而又比中国清政府的官员和俄国奥登堡（Sergei F. Oldenburg）院士捷足先登。

1908年2月，伯希和来到敦煌莫高窟，进入藏经洞进行翻检。他知道不能将其中所存全部带走，于是订立了三个选择标准，即佛教大藏经未收的藏外佛典、带有纪年的写本、非汉语的文书，这其中还包括最大限量的非佛教的四部典籍、公私文书、景教和摩尼教文献、早期拓本和印本，以及各种质地的绘画品。他后来知晓北京获得的《摩尼教残经》（宇56号，新编BD00256号）的重要性，为自己未能攫取此卷而懊悔，可见其当时拣选之细。

伯希和在2至5月逗留敦煌期间，就把藏经洞的发现以及所获的一批精品写成报告寄往巴黎，随即以"甘肃发现的中世纪书库"为名，发表在《法国远东学院院刊》第8卷上[1]，标注是1908年出版，可能实际刊行时间略晚。1909年9月，伯希和携带一批敦煌发现的珍本秘籍来到北京，罗振玉等人得以有机会抄录、校勘、研究，其中罗振玉《敦煌石室遗书》、蒋斧《沙州文录》、王仁俊《敦煌石室真迹录》等，成为敦煌学第一批集中发表的专著。

---

[1] P. Pelliot, "Une bibliothèque médiévale retrouvée au Kan-sou", *Bulletin de l'École française d'Extrême-Orient*, VIII.3—4, 1908, pp. 501—529.

荣新江主编《法国国家图书馆藏敦煌文献》(第一册)

伯希和敦煌西域所获文献数据入藏法国国家图书馆后，其中敦煌文献大致按语言分成几个"文库"（Fonds），包括伯希和藏文文库，编号为 Pelliot tibétain 或 P.t.1—2225, 3500—4451；伯希和汉文文库，编号为 Pelliot chinois 或 P.2001—6040，其中 P.4108—4499, 5044—5521 预留给其他语言写卷而未用，成为空号；伯希和粟特文文库，编号为 Pelliot sogdien 1—30；伯希和回鹘文文库，编号为 Pelliot ouïgour 1—16；伯希和梵语文库，编号为 Pelliot sanscrit 1—13；希伯来文只有一件，编为 Pelliot hébreu 1。于阗文写本没有单独编号，而是按照其另一面所写的汉文或藏文而编入汉文或藏文文库。在不同编号的写本中，因为正背面的语言文字往往不同，所以在各个文库中也有其他语言文字写本，而在不同文库的编目整理过程中，有的写本会从一个文库移到另一个文库，造成有的同一写本有不同的两个编号。此外，在法图对敦煌文献的整理修复过程中，把黏贴在写卷背面的一些裱补残纸揭下，在本号之下又形成 bis 和若干 pièce 分号。有些不同编号的写本在修复过程中已经缀合。本书所收为伯希和汉文、粟特文、回鹘文、梵文诸文库，其中也包括编入汉文文库的于阗文、藏文等其他文字材料，但藏文文库数量较多，本书不予收录。上海古籍出版社曾出版黑白版《法国国家图书馆藏敦煌藏文文献》（35 册，2007—2021 年），这部分的彩色高清版将另行出版。至于原本《法藏》计划中的西域文献(主要是伯希和探险队库车所获汉语、龟兹语、梵语文献)、莫高窟北区出土文献，也不在本书收录的范围之内，后者的西夏文部分，上海古籍出版社也出版过黑白版《法国国家图书馆藏敦煌西夏文文献》（1册，2007年）。

本书涉及最多的法藏敦煌汉文文献，最早由伯希和本人进行编目，他完成了P.2001—3511号的初稿，没有正式发表，陆翔据抄本译出，名为《巴黎图书馆敦煌写本目录》，1933—1934年连载于《国立北平图书馆馆刊》第7卷第6期和第8卷第1期上。以后1932—1933年留学巴黎的日本学者那波利贞继续编目工作，而贡献最大的要数1934年至1939年作为交换馆员在法国国家图书馆工作的中国学者王重民，他编纂了P.2001—5579号中的所有写本目录，兼有提要，其成果除留存法图外，还以卡片形式带回中国，后以《伯希和劫经录》的名称，收入1962年商务印书馆编印的《敦煌遗书总目索引》中。1986年台北新文丰出版公司出版黄永武编《敦煌遗书最新目录》，2000年北京中华书局出版施萍婷编《敦煌遗书总目索引新编》，对王重民目录有所订补。

更为重要的法藏文献编目工作，是第二次世界大战以后，在戴密微（Paul Demiéville）教授的推动下，法国科研中心成立敦煌研究小组，专门从事敦煌文献编目工作。1970年法国国家图书馆出版谢和耐（Jacques Gernet）和吴其昱（Wu Chiyu）主编的《法国国家图书馆藏伯希和汉文文库：敦煌汉文写本目录》第1卷[1]，收P.2001—2500号。此后，分别在1983、1991、1995年出版苏远鸣（Michel Soymié）主编的第3、4、5卷，收

---

[1] *Catalogue des manuscrits chinois de Touen-houang. Fonds Pelliot chinois de la Bibliothèque nationale*, I, eds. J. Gernet et Wu Chiyu, Paris: Bibliothèque nationale, 1970.

录 P.3001—3500, P.3501—4000, P.4001—6040 号目录，其中第 5 卷分为两册[①]；2001 年最后出版王薇（Françoise Wang-Toutain）编第 6 卷，专收藏文文库中的汉文写本目录[②]。每号写本目录包括定名、题记、参考文献、物质性描述以及专名索引和主题分类索引。只可惜因为某些原因，第 2 卷（P.2501—3000 号）迄今没有以纸质形式出版，但 2006 年随着国际敦煌项目（IDP）上传图片时，将每号目录随图发表。这部目录著录详细，体例完备，对于我们编纂本书，参考价值极高。

民族语言部分，贝利（Harold W. Bailey）、恩默瑞克（Ronald E. Emmerick）、熊本裕、段晴等对于阗语文献，邦旺尼斯特（Émile Benveniste）、恒宁（Walter B. Henning）、麦肯吉（David N. MacKenzie）、辛维廉（Nicholas Sims-Williams）、吉田豊对粟特语文献，哈密顿（James Hamilton）、茨默（Peter Zieme）等对回鹘语文献的转写、翻译和整理研究，都为我们今天的定名和刊布工作奠定了坚实的基础。

除了编目外，一百多年来法藏敦煌文献的研究也有丰硕的成果。20 世纪 70 年代末缩微胶卷的公布，20 世纪 80 年代《敦煌宝藏》的影印本，特别是 20 世纪 90 年代《法藏敦煌西域文献》较为清晰的黑白图版的出版，给研究者不断提供更好的素材，

---

① *Catalogue des manuscrits chinois de Touen-houang. Fonds Pelliot chinois de la Bibliothèque nationale*, III, IV, V, ed., M. Soymié, Paris: Fondation Singer-Polignac et École française d'Extrême-Orient, 1983, 1991, 1995.

② *Catalogue des manuscrits chinois de Touen-houang*, VI: *Fragments chinois du Fonds Pelliot tibétain de la Bibliothèque nationale de France*, ed., F. Wang-Toutain, Paris: École française d'Extrême-Orient, 2001.

极大地推动了法藏敦煌文献的整理与研究，不论是佛教典籍、道教佚书、四部文献，还是公私文书、绢纸绘画，都有分类整理著作，这些著作有着相当雄厚的积累，让我们在定名中得以充分利用。

然而，也不得不说，这些研究成果大部分依据的是缩微胶卷或黑白图版，有些朱笔的校正点记和文字往往无法释读，有些淡朱笔所写的文字更是无法全录，多少不等地影响了此前录文本的质量和研究论著的结论。从 2008 年开始，国际敦煌项目（IDP）网站和法国国家图书馆网站 Gallica 陆续发布法藏敦煌文献的彩色图片，但定名系取自法文《敦煌汉文写本目录》，许多编号没有汉语定名，有些图片也没有达到最为清晰的程度。我们也注意到，法藏敦煌文献中一些比较难以解读的文本，迄今没有人做过透彻的研究；所有文献也没有在新的研究基础上用汉语给予统一的定名。

为此，我们决定重新整理出版高清彩色版《法国国家图书馆藏敦煌文献》。

在《法藏敦煌西域文献》的《导言》中，李伟国先生曾概要介绍他们编辑时的愿景：向研究者原原本本地提供准确、逼真的图版，要保证图版的完整，不遗漏任何内容；保持图版的原貌，清晰可读；要给每份卷子准确定题，并保持前后统一的体例；最后编写学术性的附录。这些仍然是我们今天工作的努力方向，而我们所要提供的，是更加高清、逼真的彩色图版，质量更在网络版之上。

高清彩色图版无疑会极大地推动敦煌文献的研究，过去看不到的朱点、朱笔文字、朱印现在都可以见到，使原本校正的文字得以呈现，让原本是带有朱印的官文书得以定案。特别是在写本学、书籍史方兴未艾的情形下，彩色图片将会对敦煌写本的物理形态的研究，提供可靠的图像依据，推进写本、书籍史等学科的发展。

借助彩色高清图版，我们可以对前人研究成果加以评判，对前人较少措意的写本进行新的探讨，在充分吸收前人研究成果的同时，利用古籍整理和出土文献整理的规范，对典籍、公私文书、图像及其他材料，给予统一的定名。对于民族语言文献，也按照其本身的文本逻辑和汉文文献的定名规则，给予逻辑相同的定名。由于图录的体例限制，我们在图版下面只列示确定的标题。为了说明我们的定题依据，我们将另行编撰《法国国家图书馆藏敦煌文献解题目录》，提示写本最基本的残存状态和首尾题情况，并给出定题的文献和研究依据。

我们希望，《法国国家图书馆藏敦煌文献》将掀开敦煌文献研究新的一页，让敦煌学研究者谱写出更多新的篇章。

（2023年5月8日完稿。本书由上海古籍出版社出版，第1册2023年7月刊出。）

《吐鲁番的典籍与文书》序

这是我历年来撰写的有关吐鲁番学研究的论文和书评，分为"历史与地理""文书与碑刻""群书与佛典""调查与报告""综述与书评"五个门类，以便读者了解我在吐鲁番学方面研究的主要问题和关涉的领域。文章内容多样，字数长短不一，发表的时间跨度有几十年之久。为何这样零散，需要从我做吐鲁番研究的阶段性给读者一个交代。

20世纪80年代初我在上大学期间开始接触吐鲁番文书，王永兴、张广达先生在"敦煌吐鲁番文书研究"课上，极力鼓动大家利用新出吐鲁番文书资料来做研究。当时唐长孺先生主编的《吐鲁番出土文书》平装本从1981年开始陆续出版，每出一册，我都是第一时间购买翻阅的。但这套书出得很慢，特别是有关唐代的部分都在后面，所以一时间不能获得系统的史料，只就有关西域史的文书写了一两篇个案研究文章。1984—1985年我到荷兰莱顿大学汉学院进修，导师许理和（Erik Zürcher）教授让我写一篇介绍新出吐鲁番文书的文章给《通报》（T'oung Pao），我花了不少力气写完英文初稿，但觉得资料不全，所以没有拿出去发表。我第一轮吐鲁番文书研究虽然花了不少工夫，但没有太多成果。1987年第一次去吐鲁番考察，受胡戟先生之命，撰写了一篇通俗性的长文《吐鲁番的历史与文化》，按照全书

荣新江著《吐鲁番的典籍与文书》

体例没有加注，日友关尾史郎与他的学生把这篇文章大半部译成日文发表，加了详细的注释，但其实我自己的稿子原本都是有注的，可见我当时对吐鲁番的历史和文献是花过力气的。

1995年我曾在敦煌吐鲁番研究的课程中，与几位年轻教师和研究生一起会读吐鲁番出土的碑刻，希望找出吐鲁番研究的新路径。我收集了八方现存的碑文，觉得它们要比墓志和文书更能反映高昌历史上的大事。但当时只读到第五块《姜行本碑》课就结束了，我后来就已读的《且渠安周碑》和未读的《康居士碑》写了文章，其他已读的一直没有来得及整理，未读的碑也没有继续下去。

我的第二轮吐鲁番研究的起因是1996年6—8月在柏林讲学，有机会把柏林收藏的吐鲁番汉文非佛教文献检出，并做相关的考释文章。因为德藏吐鲁番文书出自寺院和石窟，比较零碎，而且典籍类居多，我陆续就其中的《史记》《汉书》《春秋后语》、道教文献，以及《开元二十三年户籍》写过一些短文，也把一些材料，如晋史毛伯成诗卷、《幽通赋注》、《一切经音义》等交给朋友或学生进行研究。这些工作包括我对中国国家图书馆善本部藏德国吐鲁番文献旧照片的调查所得，对德藏吐鲁番典籍与文书的初步编目工作等，最后成为我主编的《吐鲁番文书总目（欧美收藏卷）》和《吐鲁番出土文献散录》的基础。可以说，这第二轮的吐鲁番学研究虽然因为材料的关系成果比较零碎，但感觉收获蛮多，也是我比较集中的一段对吐鲁番文献的研究。

到了2004年我接受吐鲁番文物局的邀请，接受"新获吐鲁番出土文献"的整理工作,也就开启了我的第三轮吐鲁番学研究。这次面对的主要是新发现的墓葬出土文书,从高昌郡到唐西州都有,有些是此前没有见过的吐鲁番文书,极富挑战性。我就自己主要负责整理的《前秦建元二十年(384)三月高昌郡高宁县都乡安邑里籍》《阚氏高昌永康九年、十年(474—475)送使出人、出马条记文书》《唐龙朔二年、三年(662—663)西州都督府案卷为安稽哥逻禄部落事》,撰写了三四篇文章,在吐鲁番最早的户籍及其渊源、阚氏高昌国的郡县城镇、高昌与柔然汗国及西域的关系、唐高宗时期哥逻禄部落的迁徙安置问题等,都发表了具有创新意义的成果,是我多年来研究吐鲁番文书的最得意之作,也实现了我一直主张的在整理文书的同时进行历史学研究的理念。

2015年开始,我和旅顺博物馆王振芬馆长、中国人民大学国学院孟宪实教授共同主持"旅顺博物馆藏新疆出土汉文文献"的整理项目,是我第四轮披挂上马,从事吐鲁番学研究。面对旅博馆藏两万多件残片,虽然其中的典籍和道经可以延续我对德藏吐鲁番文献的研究话题,但我主要的工作是把握好图录和目录编纂的每个环节,研究工作几乎全部交给年轻学者和研究生们去做了。回眼望去,我自己大概只写了有关《康居士碑》的再研究以及对新出《楞伽师资记》残片的考订,其他乏善可陈,不免有些汗颜。2020年10月,我们共同主编的《旅顺博物馆藏新疆出土汉文文献》32册,由中华书局以八开全彩版印刷出版,并附《总目索引》3册,旅博的项目算是圆满完成。但我在此后的一段时间中,仍然想把自己没有时间探讨的《契丹藏》、礼忏文、疑伪经等问题再弄一把。随着时间的推移，这些也很难着手，有些已经交给学生去做了。

敦煌与吐鲁番，是我学术研究的两个重要方面，相对来讲，我在敦煌方面历史研究多于文献整理，在吐鲁番方面整理工作多于历史研究，这和我最初的想法是有很大出入的。我整理校录过敦煌地志与行记、归义军史料，据原件抄录了所有 S.6981 后的非佛教文献，稿本岂止盈尺，但都没有出版，只出版过与邓文宽学长合著的《敦博本禅籍录校》一书。而我一直想研究的吐鲁番地域社会史，却还没有深入下去。

以上大体按时间顺序总结一下自己的吐鲁番学研究历程，以便读者在阅读这本文集中不同年份写成的文章时参考。三十余载吐鲁番，有苦也有甜，是为序。

（2023 年 7 月 30 日于蓝旗营寓所。本书 2023 年 11 月由上海古籍出版社出版。）

荣新江、张志清主编《中国国家图书馆藏西域文书·汉文卷》序

历时十多年整理完成的《中国国家图书馆藏西域文书·汉文卷》即将出版，国家图书馆常务副馆长张志清先生馆务繁忙，让我写篇序言，时间紧迫，勉力为之。

在笔者与刘波合撰的《前言》中，刘波已经就国图这几批西域文书的入藏经过、编目、保护、修复情况做了介绍，笔者则详细记录了我们共同组织读书班，进行研究性整理的全过程，并结合国图新获文书和其他馆藏的同类文书，从阐释于阗历史、唐朝统治西域地区的军政体系与税收制度，以及中原文化的传播等问题，提示了这些汉文文书的学术价值。

以上这些方面在此不必重复，这里只强调本书在三个方面的意义。

一是从于阗汉文文书的整理史来说，本书是一个阶段性的成果。于阗汉语文书的集中整理，可以追溯到 1913 年沙畹（Éd. Chavannes）的《斯坦因在新疆沙漠中发现的汉文文书》（*Les documents chinois découverts par Aurel Stein dans les sables du Turkestan oriental*, Oxford），其中包括斯坦因（M. A. Stein）第二次中亚考察所获比较完整的汉语写本和木简。然后是 1953 年马伯乐（H. Maspero）的《斯坦因第三次中亚探险所获汉文文

书》(*Les documents chinois de la troisième expédition de Sir Aurel Stein en Asie Centrale*, London），也只收录相对比较大的残片。1993年郭锋出版的《斯坦因第三次中亚探险所获甘肃新疆出土汉文文书——未经马斯伯乐刊布的部分》（甘肃人民出版社），补马氏缺漏。1994年陈国灿的《斯坦因所获吐鲁番文书研究》（武汉大学出版社），附录了部分和田出土文书。直到2005年沙知、吴芳思（Frances Wood）的《斯坦因第三次中亚考古所获汉文文献（非佛经部分）》（上海辞书出版社），发表了全部非佛教文书及图版，但录文未施标点。笔者2022年9月出版《和田出土唐代于阗汉语文书》（中华书局），收录了几乎所有海外所藏和田出土汉语文书，包括英藏霍恩雷（A. F. R. Hoernle）、斯坦因收集品，瑞典藏斯文·赫定（Sven Hedin）收集品，俄罗斯藏彼得罗夫斯基（N. F. Petrovsky）收集品，德国藏勒柯克（A. von Le Coq）、弗兰克（A. H. Francke）收集品，日本藏大谷探险队收集品，以及中国公私散藏的一些文书。余下的具有一定收藏规模的和田出土汉语文书，就是国家图书馆藏的这批西域文书和中国人民大学博物馆藏的文书了。本书的出版，包含全部图版、录文和项目组成员研究成果，为国图藏西域出土汉语文书的整理工作画上圆满的句号。随着正在做最后整理工作的中国人民大学博物馆藏卷的出版，可以说没有整理的和田出土汉语文书所剩无几。从这个意义上来说，本书无疑将是一个里程碑式的著作。

二是这项整理和研究的工作，也是我们培养人才的过程。《前言》中我们历数了多次读书班的组建和参加人员。作为在大学执教的研究者，笔者一直秉持教学相长的理念，在整理敦煌、吐鲁番、和田等地出土文献时，把培养人才纳入其中。从识字、录文、拼接，到发现课题，撰写论文，集体讨论，相互促进，直到最终发表，我们把一个初出茅庐的年轻人，带到学术的前沿阵地。而读书班中的大学老师和图书馆研究人员，术业有专攻，可以从多个方面教育年轻的研究者和学生，让他们得到比一般课堂更加丰富多彩的学术训练。试看当年参加读书班的一些年轻学者或学生，有些如今已经是整理研究西域出土文献的中坚力量，有些甚至已经成为海内外著名高校和研究机构的教授、副教授等领军人才。从这一点来看，本书的意义不仅仅在书本本身。

三是国家图书馆与高等院校的密切合作，促成本书的圆满完成。国图从建馆之初，就不仅仅是一座图籍收藏之所，而且是一个汇聚许多学术高人的研究机构。我们这次对国图新入藏的西域出土汉语文书的整理，就是由国图古籍馆，特别是其中的敦煌吐鲁番数据中心的研究人员，与来自北京大学、中国人民大学、首都师范大学、中国社会科学院历史研究所等单位的学者和学生，大家在一个固定的时间里，汇聚在一起，共同阅读文书，产生集体劳动成果。这样的馆校合作方式，从20世纪80年代整理敦煌禅籍等文献，90年代会读吐鲁番出土碑刻，到这次整理和田出土文书，还有正在进行的"敦煌文献全集"工程，我们双方一直联手合作。本书正是这样一种学术合力的成果，是缺少任何一方都无法完成的著作。

最后，我们应当感谢国家图书馆的领导，为这批西域文书的入藏立下汗马功劳。我们也要特别感念季羡林先生的大力支持，感念去年因病去世的段晴教授的无畏贡献和鼎力支持，她先期对同组于阗语或汉语于阗语双语文书的研究，是我们整理汉语文书的重要参考著作。我们应当感谢所有参与此项整理工作的国图同仁和高校师生，没有大家的努力和付出，这项艰苦而漫长的整理工作无法完成。最后还要感谢中华书局再次高质量编印这样难度很高的出土文献，感谢责任编辑李勉女史的精心工作。

因为本书的重要，字数已经超过我一般写序的限度，谨此收笔。

（2023年7月22日完稿于三升斋。本书2024年1月由北京中华书局出版。）

荣新江、张志清主编《中国国家图书馆藏西域文书·汉文卷》

荣新江、张志清主编《中国国家图书馆藏西域文书·汉文卷》前言

2005 至 2010 年间，中国国家图书馆（简称"国图"）分六批征集入藏了新疆和田所出的西域文献 900 余件。2005 年征集入藏第一批 30 号；2006 年征集入藏第二批 61 号（内若干残片计作一号）；2007 年征集入藏第三批，最初编为 132 号，后将木简残片分别编号，共得 387 号；2008 年入藏第四批 333 号；2009 年入藏第五批，为木牍 7 枚；2010 年自拍卖会购得梵文桦树皮文书残片 1 盒，编作 1 个号，是为第六批。以上六批文献合计 819 号。其中有的一个号包含有多件残片，因此其总数超过 900 件。国图就此建立了"西域文献专藏"。

在征集过程中，国图得到西域文献研究学者的帮助与支持。2008 年 6 月 10 日，季羡林先生在病榻上亲笔写下呼吁书："听说，最近新疆地区发现了很多古代语言的残卷，这对于我们中国学界以及世界学术界都是特大的好消息。无论如何，不要让外国人弄走。"北京大学段晴、荣新江教授也致函国图，详细阐述西域文献的重大价值和重要意义。学者们对这批文献学术价值的肯定，为国图开展征集工作提供了有力的支持，极大地推动了西域文献征集工作。后续的整理编号、保护修复与研究工作，同样得到学者们的热情帮助。

荣新江、张志清主编《中国国家图书馆藏西域文书·汉文卷》前言

入藏之后，国家图书馆组织工作人员开展清点、编号工作。编号包括代码、批次号、件次号三部分。参照馆藏敦煌文献代码"BD"，选用"BH"作为馆藏西域文献的代码，其中"B"系延用"BD"的第一个字母，指国家图书馆（原名北京图书馆），H代表文献发现地和田。批次号以1、2、3……为序，标明入藏的先后。件次号同样以1、2、3……为序，一个号包含多件文献的，添加后缀a、b、c……加以区分，数量特别多的则采用（1）（2）（3）……作为后缀。批次号与件次号之间以分隔符连接。完整的编号，即包括前述代码、批次号、流水号三部分，例如BH1-19、BH3-3a、BH4-333（2）等。这一编号体系已运用于库房管理，并在相关论著中广泛使用。

这批文献的载体有纸质、绢质、木质、桦树皮四种，形制多样且特色鲜明，涵盖汉文、藏文、于阗文、粟特文、如尼文、佉卢文、梵文、焉耆—龟兹文、犹太波斯文九种文字，内容涉及官私文书、书信、典籍、佛经等方面，其中30余件有确切纪年，它们为中古时期西域史地、丝绸之路文化交流等研究领域带来了新的问题，提供了一批珍贵史料。这批文献入藏时状况不佳，纸质、绢质及桦树皮文献大多残损严重，有的带有污迹，阅读使用都不太方便。

国图非常重视这批文献，于2009年立项开展其中纸质文献的修复保护工作。此次修复遵循整旧如旧、最少干预、补纸与原卷有明显区别、过程可逆等基本原则，力求尽可能地保留文献原有的研究信息。残片采用挖镶法加以保护，存放于特制的纸夹中。这项修复工作主要由国图古籍馆文献修复组修复师胡

玉清女士承担，修复组青年员工侯郁然协助。经过两年的努力，纸本文献修复完毕。修复的同时，还进行了纸张检测与纤维分析。此后，又在"中华古籍保护计划"的支持下，为木简木牍制作了装具。

修复过程中，侯郁然、胡玉清撰写了两篇文章，讨论两组文献的修复技术[①]。项目完成后，国家图书馆古籍馆进一步总结经验，2017年组编《国家图书馆藏西域文献的修复与保护》一书，全面而详细地记述这批文献的保护修复，包括更多的修复案例[②]。有关修复技术、保护手段、纸张分析等方面的详情，已见于这些文章与专书，本书不再重复收录。

从国图第一批和田出土文书入藏之始，我们就开始了整理和研究工作。这批文书入藏并经过初步整理后，我们就在2010年3月9日组成了第一期"敦煌西域文书读书班"，成员为国家图书馆古籍馆部分研究人员，原"新获吐鲁番出土文献整理小组"的部分成员，参加读书班的北大、人大、民大老师的部分学生，以及个别邀请的专家。组长为荣新江（北大）、孟宪实（人民大学）、林世田（国图），先后参加第一期读书班的成员有：国图史睿、萨仁高娃、刘波、赵大莹、李燕晖，北大的朱玉麒、朱丽双、李芳瑶、张梅雅、何存金、付马，人民大学的毕波，

[①] 侯郁然、胡玉清《西域文书 BH4-269 残片修复案例》，《文津学志》第6辑，国家图书馆出版社，2013年，323—331页；侯郁然《BH2-1 瓷青色纸西域文献修复案例》，《文津学志》第9辑，国家图书馆出版社，2016年，343—349页。
[②] 国家图书馆古籍馆编《国家图书馆藏西域文献的修复与保护》，国家图书馆出版社，2017年。

还有首都师大的刘屹、游自勇，社科院历史所的雷闻。读书班自 3 月 14 日开始预定在北大、人大、国图轮流举办，后来比较集中在北大中国古代史研究中心举行，每周一次，会读材料包括散藏吐鲁番文书、国图新刊敦煌遗书、国图未刊和田出土文书等数据。4 月 18 日的读书班后，成立"和田出土文书整理小组"，确定下阶段读书班的内容，主要以国图藏和田出土文书和中国人民大学博物馆（简称"人大博"）藏和田出土文书为主。人大博藏品汉文文书较国图藏品为多，且不少为同组文书，整理时可以互相参照。

2010 年下半年到 2011 年末，第二期读书班更名为"西域出土文书读书班"，成员增加了人民大学的荻原裕敏、刘子凡，北大的庆昭蓉、郑燕燕、田卫卫、罗帅、郭桂坤、陈昊、徐畅，访问学者西村阳子。在完成国图和田出土文书会读之后，主要工作转到人大博文书的会读工作，同时也在前人基础上，重新整理了斯坦因第三次中亚探险所获于阗文书。2012 年 2 月 18 日开始的第三期读书班仍以"敦煌西域读书班"为名，人员增加了人大的丁俊，北大的包晓悦、刘敏。在这个学期中，又将国图藏文书录文重新校读一过，更主要的工作是整理人大博藏文书。与此同时，也通过读书班，推动龟兹石窟题记和龟兹研究院收藏的龟兹语文书的整理工作，以及《吐鲁番出土文献散录》所收文书的分工研究。到 4 月 3 日，基本完成了人大博所藏全部文书的录文工作。

通过整理与研究，我们对国图藏和田出土文书的学术价值有了越来越清晰的认识，这些新文书为我们进一步认识西域于阗国史、唐朝对于阗的统治、唐朝统治西域的军政体系与税收制度、中原汉文化的传播等，都有突出的贡献。

位于塔里木盆地西南的于阗，自汉代以来就是西域的大国之一。唐朝初年，于阗附属于天山北麓的西突厥汗国。唐高宗显庆二年（657），唐朝灭掉西突厥汗国，于阗王国与葱岭东西其他西域王国一起，成为唐朝的附属国。唐朝将安西都护府从吐鲁番的交河城移至龟兹都城，下设安西（龟兹）、于阗、焉耆、疏勒四镇。上元元年（674），唐朝在于阗设毗沙都督府，以于阗王伏阇雄为毗沙都督，下辖十个羁縻州。但安西四镇防人有限，所以包括于阗在内的西域地区，在吐蕃和西突厥余部的夹击下曾数次失陷。长寿元年（692），唐朝自吐蕃手中再度收复安西四镇，武则天采取新的措施，发汉兵三万人镇守四镇，使得唐朝牢固地控制了四镇地区。

和田地区出土的汉文文书，正是长寿元年唐朝牢固控制于阗之后的产物。目前所见最早的汉文文书纪年，是中国人民大学博物馆藏《武周延载二年（695）典某牒》（GXW0106）[1]。国家图书馆藏和田出土汉文文书中最早的纪年文书是《唐开元十年（722）九月七日拔伽裴捺纳税抄》（BH3-98）等一组三十多枚开元十年木简文书[2]，与其他收集品中的开元纪年文书

---

[1] 荣新江《唐代于阗史新探——和田新发现的汉文文书研究概说》，吕绍理、周惠民主编《中原与域外：庆祝张广达教授八十嵩寿研讨会论文集》，台湾政治大学历史学系，2011年，43—45页。
[2] 荣新江、文欣《和田新出汉语—于阗语双语木简考释》，《敦煌吐鲁番研究》第11卷，上海古籍出版社，2009年，45—69页。

一起，确证唐朝对于阗地区的坚固统治已经建立。此后的和田出土文书中唐朝年号持续不断，国图所藏有《唐天宝二年（743）二月廿三日典成意牒》（BH1-14）、《唐广德二年（764）九月杰谢百姓某牒》（BH1-25）、《唐大历十年（775）杰谢百姓日憨泥等纳欠大历七年税斛斗抄》（BH1-26）、《唐建中七年（786）二月左三将行官郎将李庭凑等牒》（BH1-5背）、《唐贞元六年（790）十月、十一月于阗杰谢镇仓粮食入破帐历稿》（BH1-2背）、《唐贞元六年（790）十月廿二日杰谢镇仓算叱半史郎等交税粮簿》（BH1-3），可见唐朝统治纪年一直延续到贞元六年，也就是最终陷入吐蕃的前夜。

和田新出汉语文书为我们认识唐朝时期于阗羁縻州体制提供了许多新的材料，结合于阗语和藏语文书和文献，我们大体上可以复原从西到东各个羁縻州的名称和大致范围。特别是我们可以根据《唐大历九年（774）（或十年）于阗镇守军仓勾征帐草》（BH1-2），把《新唐书·地理志》所记猪拔州从疏勒都督府范围移到毗沙都督府的范围内，同时改正了《新唐书·地理志》等传世文献把于阗国东部重镇"蔺城"写作"兰城"之误，并厘清胡汉译语之间的关系[①]。

国图这批文书的出土地，推测应当是来自老达玛沟（Old Domoko）和丹丹乌里克（Dandan Uiliq），即唐朝时期于阗六城州的范围内。因此，我们可以根据这些文书中有关六城范围

[①] 荣新江《唐代于阗史新探——和田新发现的汉文文书研究概说》，45—48页；朱丽双《唐代于阗的羁縻州与地理区划研究》，《中国史研究》2012年第2期，71—90页。

内的地名，如拔伽、屋悉贵、质逻、媲摩（戛纳）、潘野、杰谢等，结合于阗语文书的相关记载，彻底弄清所谓"六城"所包含的城镇，以及大致的地理范围[①]。这将会为我们理解这一地区出土的丰富的于阗语文书和汉语文书所记羁縻州下各个乡、村行政运作的内涵，提供坚实的研究基础。

与同出的于阗语文书相比，这些汉语文书则更多地反映了唐朝在于阗的镇守军的各方面情况。长寿元年以后唐朝发汉兵三万人镇守安西四镇，则每镇兵力至少在五千人以上，像于阗这样仅次于安西（龟兹）的大镇，可能更多一些。从目前所见材料看，唐朝至晚在开元二年（714）已经设立了"四镇节度使"，或称"安西四镇节度使""碛西节度使"，则安西四镇实际上已经是节度使体制下的军镇，其长官称作"镇使""镇守使""军镇大使""军大使"等[②]。新出文书为我们进一步探讨于阗镇的内部结构，包括军镇下的守捉、镇、烽铺、馆驿等建置及相互关系，提供了更为丰富的材料，如 BH1-9 记载了于阗都守捉在接到戛纳镇牒后，下牒给杰谢守捉的情况；又如 BH1-27 牒文虽残缺过甚，但提到了于阗西南吉良镇、东部蔺城镇以及某铺资粮供给事。特别珍贵的是国图藏《唐于阗镇守军勘印历》（BH1-8），为我们了解于阗军镇的内部结构，以及于阗镇与周边疏勒镇、拨换、

[①] 文欣《于阗国"六城"（kṣa au）新考》，朱玉麒主编《西域文史》第 3 辑，科学出版社，2008 年，109—126 页。
[②] 荣新江《于阗在唐朝安西四镇中的地位》，《西域研究》1992 年第 3 期，56—58 页；孟宪实《于阗：从镇戍到军镇的演变》，《北京大学学报》2012 年第 4 期，120—125 页。

且末、安西的往来联系,都提供了前所未见的证据[①]。另外,新出文书也提供了于阗镇守军如何在各条道路上设置探候,对贼人进行防备的具体做法,如《唐某年三月五日杰谢镇知镇官王子游帖》(BH1-5)中就提道:"右为春初雪消山开,复恐外寇凭陵,密来侵抄。帖至,仰当界贼路,切加远探候,勿失事宜。"[②]最后,新出《唐于阗应得团结蕃兵名簿》(BH1-10)证明于阗当地的蕃兵,也成为于阗镇守军重要的组成部分[③]。

新出文书对于我们了解当年于阗镇守军与地方的互动关系提供了丰富的数据,如当地胡人百姓的纳税、服役、欠粮、供粮有关的文书,与于阗语文书相结合,可以逐渐呈现当地羁縻州下的赋税体制。其中国图这批文书中有几件较长的帐历,如 BH1-1《唐建中七年(786)(?)于阗某仓欠粮簿草》、BH1-2 正面第 1—40 行《唐大历九年(774)(或十年)于阗镇守军仓勾征帐草》、BH1-2 背《唐贞元六年(790)十月、十一月于阗杰谢镇仓粮食入破帐历稿》、BH1-1 背《唐贞元六年(790)冬季于阗杰谢镇官健预支人粮、马料簿》、BH1-3《唐贞元六年(790)十月廿二日杰谢镇仓算叱半史郎等交税粮簿》,辅以 BH2-32《唐贞元六年(790)十月十八日杰谢镇供节度随身官安庭俊粮食凭》、BH4-269《唐某年勘覆所帖催官曹之为欠

[①] 文欣《和田新出〈唐于阗镇守军勘印历〉考释》,沈卫荣主编《西域历史语言研究集刊》第 2 辑,科学出版社,2009 年,111—123 页。
[②] 荣新江《新见唐代于阗地方军镇的官文书》,北京大学历史学系、北京大学中国古代史研究中心编《祝总斌先生九十华诞颂寿论文集》,中华书局,2020 年,366—378 页。
[③] 孟宪实《于阗:从镇戍到军镇的演变》,125—128 页。

税粮事》以及中国人民大学博物馆藏 GXW0166:2《唐建中三年（782）杰谢镇状稿为合镇应管仓粮帐事》、GXW0167 背《唐某年（贞元年间？）于阗杰谢镇仓粮入破帐草》、GXW0169《唐贞元六年（790）十月廿八日杰谢镇牒稿为当镇应交税粮事》，让我们对于自开元年间开始，碛西地区为解决镇守军的人粮、马料供给问题，而向当地胡人百姓征收"税粮"的情况。此前龟兹、据史德、于阗出土文书中虽然提到"税粮"，但只有这批文书的发现和整理，才全部弄清碛西税粮制度的运作情况，而税粮的征收为唐朝镇守军在于阗等地的坚守，提供了有力的支持，是安史之乱后唐朝碛西守军在断绝中原供给之后能够坚守到 8 世纪末叶的重要原因之一[1]。有关税粮文书的详细解说，也为我们了解于阗胡汉管理体制，提供了许多细致情节，让我们对于唐朝的西域统治有了更为深刻的理解。

最后，国图藏和田出土汉文文书也再次印证了中原汉文化的西渐。其中，有两种《孝经》古注本，一是郑玄《孝经注·圣治章》的两残片（BH3-3），文字见于敦煌写本 P.3428、P.2674 郑玄《孝经注·圣治章》[2]；一是《孝经·卿大夫章》（BH1-12）[3]，

---

[1] 庆昭蓉、荣新江《和田出土大历建中年间税粮相关文书考释》，《西域文史》第 16 辑，北京：科学出版社，2022 年，125—155 页；又《和田出土唐贞元年间杰谢税粮及相关文书考释》，《敦煌吐鲁番研究》第 21 卷，上海古籍出版社，2022 年，165—209 页；又《唐代碛西"税粮"制度钩沉》，《西域研究》2022 年第 2 期，47—72 页。
[2] 李丹婕《和田地区新出郑玄〈孝经注〉残叶考释》，《敦煌学》第 36 期（张广达先生九秩华诞颂寿特刊），2020 年，177—191 页。
[3] 中国国家图书馆、中国国家古籍保护中心编《第三批国家珍贵古籍名录图录》第 1 册，国家图书馆出版社，2012 年，87 页。

系参酌郑玄《孝经注》损益而成，作者不详。这些显然是具有一定文化水平的人使用的文本，应当是在于阗任职的唐朝官人所有。而王羲之《兰亭序》的习字文本（GXW0017背+BH3-7背）的发现，则说明唐朝官府以《兰亭序》为学生课本的做法，也为于阗当地的官民所遵从[①]。

我们曾经论证过，随着唐朝势力在安西四镇地区站稳脚跟，中原的汉化佛教寺院和僧官体制也进入西域地区，其中于阗就有龙兴寺、开元寺、护国寺等[②]。作为这些汉化佛寺运作的证据之一，就是汉文佛典的抄写，在国图这批文书中就有《大般涅盘经》卷九（BH1-4）、《僧伽咤经》卷一（BH1-7），字体端正，应当是当地汉化佛寺的图书遗存。更有意思的是，其中有《观世音菩萨劝攘灾经》一卷（BH1-11），是汉地所造的谶记类佛教疑伪经。据经文，这个写本是在龟兹地区产生，而流传到于阗，它是按照中原流行的谶记类伪经编制而成，以传贴的方式流转，时代在天宝年间及其后，反映了西域地区与中原民间祈福禳灾的同样心理与做法[③]。

以上根据我们已经做的研究，从几个方面阐述国图所藏和田出土汉文文书的价值。这些文书作为原始材料，其价值是多

[①] 荣新江《〈兰亭序〉在西域》，中国人民大学国学院编《国学学刊》2011年第1期，65—71页。
[②] 荣新江《唐代西域的汉化佛寺系统》，新疆龟兹学会编《龟兹文化研究》第1辑，天马出版有限公司，2005年，130—137页。
[③] 林世田、刘波《国图藏西域出土〈观世音菩萨劝攘灾经〉研究》，樊锦诗、荣新江、林世田主编《敦煌文献、考古、艺术综合研究——纪念向达教授诞辰110周年国际学术研讨会论文集》，中华书局，2011年，306—318页。

方面的，不同的学者从不同的视角必定会发现更加丰富的文书内涵，使这些文书的史料价值越发彰显。

本书由上、下两编构成。上编收录文书图版和释文，下编收录研究论文。

（2022年3月23日完稿，与刘波合撰。本书2024年1月由北京中华书局出版。）

补 遗

胡素馨主编《佛教物质文化：寺院财富与世俗供养国际学术研讨会论文集》后记

本书是亨利·露西基金会（The Henry Luce Foundation）资助的一项集体合作研究项目——"唐宋的寺院财富与世俗供养"（英文题目是 Merit, Opulence, and the Buddhist Network of Wealth）的最终研究成果。本项目由美国西北大学艺术史系胡素馨（Sarah E. Fraser）和中国敦煌研究院樊锦诗两位共同主持。

2001年6月28—29日，在北京大学国际交流中心召开了"唐宋的佛教与社会——寺院财富与世俗供养"国际学术研讨会，会议由美国西北大学艺术史系、北京大学中国古代史研究中心、敦煌研究院合作举办的。由于樊锦诗院长因公务在身，未能与会，会议由西北大学胡素馨和北京大学荣新江教授主持。参加会议的包括本项目参加者、北京大学"盛唐研究项目：宗教与社会课题"的部分参加者，还有一些特邀与会的各国学者，他们发表了自己与本课题相关的研究成果，现在这本书收入的论文，就都是这次研讨会上发表的文章。

因为个别文章没有收入这本文集，而会议十个场次的主题，以及每场论文的内容及评议，体现了论文集所不能反映出来的学术交流气氛，所以我觉得有必要把会议的日程表简要地转录如下：

第一场"朴素、丰富与形象的消失",王邦维主持,荣新江评议。

柯嘉豪(John Kieschnick):"少欲知足""一切皆空"及"庄严具足":佛教对物质文化的态度

任博克(Brook Ziporyn):计算想象:《法华经》中的"无的图景"表现性的阐释性问题

艾利克(Eric Reinders):排佛中佛像(教团)的熔解

第二场"奢侈品的表现与内涵",池田温主持,颜娟英评议。

盛余韵(Angela Sheng):纺织艺术、技术以及佛教积福

罗汉(Norman Rothschild):剥茧:682—683年白铁余起义中的佛像、种族以及财富僧尼生活

第三场"寺庙建筑下的僧尼生活",巫鸿主持,单国强评议。

何培斌(Ho Puaypeng):建立希望:唐代建寺求福的资助问题

魏明杰(Michael J. Walsh):佛教寺院中土地功德以及交换的可能性研究

郝春文:晚唐五代宋初敦煌僧尼的生活模式

第四场"唐宋佛教艺术",王邦维主持,丁明夷评议。

李淞:陕西北宋双龙千佛洞石窟的图像程序

马世长:《报父母恩重经》及其变相图

程崇勋:巴中石窟分期初探

第五场"供养人与供养:四川",颜娟英主持,刘欣如评议。

梁咏涛:试述"武后真容石刻像"对皇泽寺佛教的供养作用

267　胡素馨主编
《佛教物质文化：寺院财富与世俗供养国际学术研讨会论文集》后记

胡素馨主编
《佛教物质文化：寺院财富与世俗供养国际学术研讨会论文集》

太史文（Stephen Teiser）：地方式与经典式：甘肃和四川的生死轮图像

第六场"寺院的物质文化"，马世长主持，单国强评议。

荣新江：于阗花毡与粟特银盘：敦煌佛教财富中的外来供养

童丕（Eric Trombert）：据敦煌写本谈红蓝花植物的使用

胡素馨(Sarah Fraser)：佛教艺术的经营：组织与报酬

第七场"供养人与做功德"，彭金章主持，何培斌、胡素馨评议。

王邦维：初唐佛教信徒中的功德概念

韦闻笛（Wendi L. Adamek）：唐代的佛教供养修行

张先堂：唐宋敦煌世俗佛教信仰的类型、特征

第八场"考古问题：壁画与纺织品的解释"，马家郁主持，盛余韵评议。

巫鸿（Wu Hung）：敦煌323窟与初唐佛教

齐东方：佛寺遗址出土文物的几个问题

彭金章：有关敦煌莫高窟北区瘗窟的几个问题

梅林：莫高窟第365窟汉文题记校录并跋

第九场"寺规与社规的基本法则"，太史文主持，柯嘉豪评议。

池田温：日本古代寺庙流记资财录管窥

林悟殊：从《百丈清规》看农禅——试论唐宋佛教的自我供养意识

严耀中：述论佛教戒律对唐代司法的影响

第十场"密教艺术与鬼神表现"，王尧主持，颜娟英评议。

丁明夷：公元七至十二世纪四川石窟的密教遗迹

杨薇（Yang Wei）：双身像：性与觉悟

麦瑞怡（Karin Myhre）：描绘精神：佛教中神、鬼、妖的图景

以上论题涉及宗教史、思想史、艺术史、经济史、法制史、文化交流史等诸多层面，而多学科汇聚和前沿性看法，以及一些新方法的运用和讨论，是这次会议的特征，也充分显示了与会学者的问题意识和学术水平。我相信，随着论文集的出版，必将给今后的相关研究带来极大启发。

借此机会，感谢北京大学领导何芳川、吴志攀，中国古代史研究中心主任张希清、李孝聪，敦煌研究院院长樊锦诗的大力支持，感谢北京地区前来参加会议的学者的参与，特别要感谢北京大学国际交流中心的工作人员和历史系的研究生们周到的安排和服务。

最后，向赞助本次会议的亨利·露西基金会、安德鲁·梅伦基金会（The Andrew W. Mellon Foundation），以及北京大学"盛唐研究项目"、敦煌研究院表示谢意。

（2002年4月30日完稿。本书2003年12月由上海书画出版社出版。）

荣新江、李孝聪主编《中外关系史：新史料与新问题》后记

把分散的研究者，以一个大家感兴趣的题目，组织成一个学术研讨会，通过发表、讨论、批评、交谈等形式，丰富发言者的论文，提升与会者的知识，然后把经过修改的论文集合在一起，正式出版，这无疑是现在学术界通用的促进学术的良好做法。但是，由于编者在教研之余的时间有限，而且面对所要处理的整个中外关系史的诸种问题时也显得学识不足，尽管我们希望把各位作者的鸿文圆满地展现出来，但也难免会有编纂过程中产生的错误，这些都请作者和读者批评指正。如果说我们及时避免了一些错误的话，那是各位作者努力的结果。还有许多学者、朋友为这次会议的召开和论文集的出版，无私地提供了资料，在此对他们表示衷心感谢。科学出版社对本书的出版给予了极大的支持，其考古编辑部首席策划闫向东先生，特别是责任编辑孙莉女史为本书付出了辛勤的劳动，我们一并致谢。我们还要特别感谢北京大学中国古代史研究中心的一些老师和研究生，他们为这次学术研讨会和论文集的出版贡献了力量，其中特别应当感谢的是负责后勤的王淑华老师和负责联络

荣新江、李孝聪主编《中外关系史:新史料与新问题》后记

荣新江、李孝聪主编《中外关系史:新史料与新问题》

工作的刘新光同学。

（2003年11月19日完稿。本书2004年1月由科学出版社出版。）

《华戎交汇——敦煌民族与中西交通》引言

今日的敦煌，是一座旅游名城，也是一座历史文化名城。

当你走近敦煌，不仅仅要看鸣沙山、月牙泉、雅丹地貌这些自然景观。也要沿着汉代的长城，去看看耸立两千多年的玉门关；还要走过炽热的戈壁，探访宕泉潺潺流水旁的莫高窟，去观摩那些形象地叙述着敦煌佛教历史、艺术、风俗……的斑驳壁画。

我们还要透过这本小书，带着你们进入藏经洞，去翻检那些从这里被拿到世界各地的敦煌文书，看看里面记载的古代敦煌这块土地上活跃过的月氏人、匈奴人、汉人、突厥人、吐蕃人、回鹘人、于阗人……有骑马射猎的，也有农耕定居的。

我们还会带着你们穿越历史的时空隧道，与东往西去的各国使者、商人、僧侣、士兵……诸色人等，一一交谈，了解汉代的张骞怎样西行寻找月氏；粟特商人怎样把香料、药材、金银器皿、珍禽异兽、乐舞胡姬运输到敦煌，再转售到长安；还有安史之乱以后，中原的僧人仍然不断地前往西天取经，而印度、中亚的胡僧也络绎不绝地奔赴长安、洛阳，和后来宋朝的都城汴梁。

历史上的敦煌，是多民族活跃的舞台，是东西交通的枢纽，是中西文化交流的必经孔道。

荣新江著《华戎交汇——敦煌民族与中西交通》

敦煌得天独厚地保存下来如此精美和丰富的石窟、壁画、雕像，又如此神奇地在一百多年前开启了一个藏经洞，里面装满了大约五万写本经卷、文书，以及绢纸绘画，这些图像、文本告诉了我们漫长的东西方文明交流的历史，让我们饱餐了精湛的各种风格的艺术作品，让我们阅读了异彩纷呈的多民族的多元文化。

走近敦煌，不仅仅是走近了地理概念上的敦煌，而是让我们接近了一个展现敦煌多民族的生活画卷，让我们近距离地体认到历史上东西方文明的交流互动。

透过敦煌的历史画卷，我们看到的是更为广阔的中外文化景观，看到一个开放的世界，一个不能脱离彼此联系的世界。

（2008年8月20日完稿。本书2008年9月由甘肃教育出版社出版，列为《走近敦煌丛书》之一种。）

《国际汉学研究通讯》"马可·波罗研究专栏"引言

意大利威尼斯人马可·波罗的《行记》,第一次比较全面地向欧洲人介绍了当时的东方世界,特别是元代前期的中国。对马可·波罗生平及其《行记》的研究早已成为非常国际化的学术课题,其涉及的地理范围涵盖了13世纪欧亚非三大洲文明世界的主要地域,涉及的学术领域包括历史学、地理学、宗教学、民俗学、动植物学、文献学和不同国别、地域的专题研究等。近一百年来,虽然有一些中国学者在这一方面取得了卓越的成就,但马可·波罗及其《行记》的研究者仍主要集中在欧洲学术界。随着研究的深入和信息技术的飞跃,与马可·波罗相关研究的新问题不断出现,组织国际的多学科的学者对马可·波罗生平、著述、相关问题展开合作研究变得非常重要。在这一背景下,北京大学国际汉学家研修基地决定组织世界范围内的马可·波罗研究专家,以基地为平台,用五年左右的时间,进行名为"马可·波罗研究计划"的项目。

为了配合这项研究计划的进行,我们在本刊专门辟出一个栏目,发表项目参加者和国内外同行有关马可·波罗及其《行记》、13世纪前后东西方经济文化交往史等方面的研究成果,希望得

北京大學國際漢學家研修基地

國際漢學研究通訊
Newsletter for International China Studies

第四期
2011.12

北京大學出版社
PEKING UNIVERSITY PRESS

《国际汉学研究通讯》2011年12月第4期

到海内外同道的支持，共同推进马可·波罗及其相关问题的研究。

（2011年12月12日完稿。原载《国际汉学研究通讯》第4期，2011年12月出版。）

荣新江编《黄文弼所获西域文献论集》后记

不论是整理重见天日的吐鲁番出土文献，还是研讨沙漠掩埋的于阗古国历史，黄文弼先生的《吐鲁番考古记》和《塔里木盆地考古记》，一直是案头必备的参考用书。对于黄文弼先生的敬仰之情，不仅仅是因为他是我们北大的前辈，更重要的是他在20世纪二三十年代艰苦条件下的西域之行。"黄文弼文书"是我研究于阗国史、西域汉化佛寺、唐朝典制、高昌回鹘摩尼教等许多问题时不可或缺的资料，收集阅读有关"黄文弼文书"的研究成果，也是我时常的功课。如何为黄文弼这位西域考古史上的伟大学者树碑立传，如何为"黄文弼文书"正名，如何使这些文书的价值为更多人所知，是脑海里时常浮现出来的思绪。

以黄文弼先生的藏书无偿捐赠给新疆师范大学为契机，新疆师大成立"黄文弼中心"，我也忝列其研究人员之列，于是提出编纂《黄文弼所获西域文献论集》的意向，得到新师大的大力支持，并将此事列为"2012年度新疆维吾尔自治区天山学者高层次人才特聘计划·新疆师范大学中国古典文献学学科创新团队"的研究计划，也成为新疆维吾尔自治区普通高校人文社科重点研究基地新疆师范大学西域文史研究中心招标课题"黄文弼与中瑞西北科学考查团研究资料收集整理"项目（XJEDU

温故与知新 280

新疆师范大学
黄文弼中心丛刊

黄文弼所获西域文献论集

荣新江 编

科学出版社

荣新江编《黄文弼所获西域文献论集》

040212B06）的子课题之一。现在，《文集》编纂工作告一段落，项目的成果已经摆在面前，在如此短的时间里能够完成这样一部著作的编译工作，的确是有个无形的团队在支撑着我，让我在此一一致谢。

本书虽然是我挂名主编，实际上"黄文弼中心"主任朱玉麒教授做的工作比我要多得多，不论是往来联系作者、译者，还是到最后审读校样，他都不辞劳苦，付出最多。他是我首先要感谢的，没有他，也就没有这本书的面世。

其次我要感谢本书论文的作者、译者和校订者。在我们的要求下，作者给予了大力支持，很快提供给我们经过整理的文章清本，像森安孝夫先生还特意对他的长文做了删减和补充，德金（D. Durkin-Meisterernst）先生知道我们要翻译宗德曼先生关于摩尼教文献的译文，主动提供了自己最新的英文译本。译者们在有限的时间里，用流畅的文字把一篇篇专深的论文翻译出来，使得一种文献的不同语言的研究论文以中文的形式汇为一编，极便学人。对于一些我们不能把握的专业译文，段晴教授、韩琦研究员、吴旻博士伸出援手，帮我们把关。

在本书的编纂过程中，正像我所编辑的其他任何一种书一样，都得到了我们的学生们的大力帮助。本书的复印、校对、邮寄等大多数体力活，都是沈琛同学的劳绩；庆昭蓉博士帮我们从柏林复印资料，而付马、胡晓丹同学也帮忙做了许多事务性的工作。还有科学出版社的孙莉和郝莎莎两位责任编辑，用认真而高效的工作精神，在最短的时间里，让本书赶在"黄文弼与中瑞西北科学考查团"国际学术研讨会召开之前按时出版。

我们对这些学生和编辑表示诚挚的谢意。

本书涉及语言文字较为复杂,我们虽然尽力了,但错误在所难免,请读者不吝赐教。

(2013年9月15日完稿。本书2013年10月由科学出版社出版。)

徐忠文、荣新江主编《马可·波罗　扬州　丝绸之路》序

本书是以扬州博物馆、北京大学国际汉学家研修基地、扬州大学淮扬文化研究中心合作举办的"马可·波罗与丝绸之路"国际学术研讨会上发表的论文为基础，经过会议的讨论，作者的修订、补充，编辑团队的审阅和编辑而形成的一本论文集。根据作者们最终提交的论文内容，我们把书名定为"马可·波罗　扬州　丝绸之路"，由扬州博物馆与北京大学国际汉学家研修基地共同主编。

这次会议在古城扬州召开，不论从马可·波罗来讲，还是从丝绸之路来说，都是最佳的选择。近年来，由于中国国家领导人提出"一带一路"的国家发展战略，丝绸之路的研究迅速升温，许多地方都在举办或筹办各种各样关于丝绸之路的会议，编纂关于丝绸之路的图书。这些地方，有的与陆上丝绸之路有关，有的与海上丝路相连，而扬州这个地方，不论是"一带"，还是"一路"，都有关系！这里是陆上丝路和海上丝路的交汇点，是古代丝路上少有的具备双重性格的丝路重镇。

在唐朝，杜甫《解闷》诗写道："商胡离别下扬州，忆上西陵故驿楼。"说的是商胡从成都沿长江而下，去往扬州。在中晚唐的传奇小说中，扬州更是胡人聚集之地，是胡人识宝的

马可·波罗

扬州

丝绸之路

徐忠文 荣新江 主编

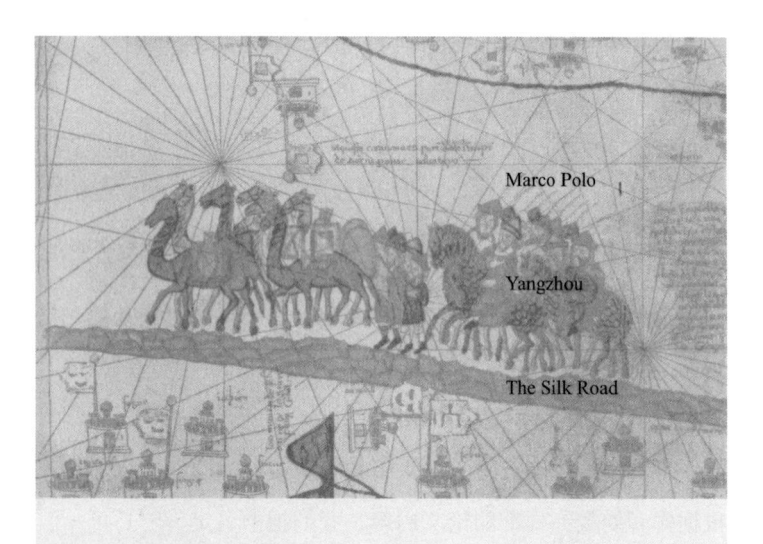

北京大学出版社

徐忠文、荣新江主编《马可·波罗 扬州 丝绸之路》

主要场所。这些胡人有波斯胡、大食胡，也有粟特胡，他们有的是从海上泛舟而来，有的则是经陆上丝路，从长安、洛阳、巴楚、襄樊等地来的，因为扬州是隋唐时期陆、海丝路交通动脉的中转城市。

宋元时期的扬州，仍是江南重镇，也是丝绸的重要生产地。随着海上丝路的发达，这里成为重要的丝绸、瓷器、茶叶等中国商品出口外贸的转输基地。马可·波罗作为一位商人，不远万里来到中国，曾经受大汗忽必烈之命，治理此地三年之久。之所以选择一个外国人来治理扬州，原因应当就是这里经丝路而来的人员种族、宗教均极为复杂，而马可·波罗在丝路上见多识广，有能力处理此种丝路城市的"国际"事务。

不论是丝绸之路，还是马可·波罗，与丰富的史实相比，我们知道的少之又少，需要学者们国际合作，共同努力，发掘丝路文化遗产，共同钻研疑难问题，本书就是我们奉献给学界的一个初步成果。

（2016年5月15日完稿，与徐忠文合撰。本书2016年9月由北京大学出版社出版。）

跋

2018年6月,在挚友徐俊兄的鼓动和支持下,把此前所写的序跋文字,辑成一本《学理与学谊——荣新江序跋集》,希望留下与相关学人友谊的记录,也保存自己借助序跋对某个学科、某个领域学术理路的看法,虽然只是点点滴滴的感想,但敝帚自珍,感觉是自己很满意的一本小书。

大概因为有了《序跋集》的出版,来求序的人多了起来。除了年轻学者和学生,还有比我年长甚至高一辈儿的学者,也来索序。盛情难却,值得努力为之,让每篇短序都能言之有物,讲出点道道来。与此同时,这五年多来,也是我主编的著作和自己撰写的论著的高发期,照例我也都写有序言或后记之类的文字。友人谭徐锋博士在浙江古籍出版社主编《日知文丛》,约我贡献一本。于是想到把五年来所撰序跋文字辑在一起,编成《序跋二集》,仍分上、下两编,上编收给他人著作或自己主编的他人论著的序,下编收给自己的论著和自己主编的文献合集写的序或后记,后者所费精力不亚于自己的撰作,故此放在下编当中。

《序跋集》的正题为"学理与学谊",兹以"温故与知新"为《序跋二集》正题,其意一也。

"温故与知新"的主要意思,是说序言往往就每种书来回顾一个学术研究方面的学术史，即所谓"温故"；而"温故"的目的是由学术的理路来推导如何"知新"，探索学术新天地才是更重要的取向，这也就是"学理"的阐述。

"温故与知新"的另一个意思，是借助撰写序文来与老朋友增加"学谊"，也因为写序而结交了一些新的朋友。不论是老朋友的旧作结集，还是新朋友的处女新作，我都从他们那里温习了已有的知识，也获得许多新的认知。

"温故与知新"的第三层意思是对自己而言，把陆续撰写的文章结集出版，既是一种"温故"，更主要的是让自己"知新"，把以前的成果看作新征程的起点，去探索新的未来。

本书和《序跋集》一样，按照书正式出版的时间顺序排列，有些序言撰写的虽然早，但迄今仍未出版，则只好留待以后。每篇后面标注了写作的时间和地点，其实按照写作时间排序或许更能反映一些序言之间的"学理"，而写作的地点有时候是特意选择的，因为这里与所撰序言的著作不无关系。部分序言或前言曾提前在刊物上发表，目的是想给相关著作提前做点"广告"，不论是在正式著作发表的先后，也都括注提示。

最后，感谢浙江古籍出版社王旭斌社长、钱之江总编，以及尽心尽力的责编伍姬颖女史，他们都为本书的出版付出了心力，也曾让我带着这本书稿，几次在美丽的西子湖畔流连忘返。

荣新江

2023 年 12 月 4 日